ANDRA SIDAN
STIGEN

SAGT OM NOVELLERNA

"De är korta, intensiva berättelser som på några få sidor lyckas fånga mig och göra mig illa till mods – precis som en bra skräckhistoria ska göra!"

– ANDREA ZACKRISSON, **BIBLIOPHILIA**

"Spoilervarning: här får ingen leva lyckligt i alla sina dagar"

– ALEXANDER DUNERFORS

"Berörande på djupet med lång efterklang."

– IRÉNE S RÄISÄNEN, **SKRIVARSIDAN**

För mer information:

www.tobiasmyrbakk.se

Titel: Andra sidan stigen: noveller med mörka flingor av
vidunder strödda uppe på

Författare: Tobias Myrbakk

Omslagsbild: © Tobias Myrbakk

Alla rättigheter förbehållna

Förlag: BoD – Books on Demand, Stockholm, Sverige

Tryck: BoD – Books on Demand, Norderstedt, Tyskland

ISBN: 978-91-7569-143-5

ANDRA SIDAN
STIGEN

TOBIAS MYRBAKK

Fler verk av Tobias Myrbakk:

En sång från havet (2016)

Mental Självstympning (2011)

Mörkerskära (2009)

INNEHÅLL

MONSTRUM

KYLAN KRÖP IN UNDER JACKAN. Gabriel drog ut ärmarna från tröjan och virade dem runt händerna. Armbandsuret skavde mot vristen. Flyget hem till Stockholm hade blivit ombokat till morgondagen och han fann sig själv strövande runt på Berlins gator. Att ta in på ett hotell för några timmar var inget företaget skulle ersätta och att lägga ut det själv var att kasta bort pengar, men de kalla vindarna talade om att kronorna hade varit väl spenderade.

Staden som annars var livfull natt som dag låg nu öde. Betonghusen var fulla med graffiti och ånga pyste ut genom ventilerna från bottenvåningarna. Med sitt fullspäckade schema hade han knappt hunnit upptäcka Alexanderplatz där hotellet låg, ännu mindre bakgatorna i Kreuzberg som han nu gått vilse i.

Han tryckte armarna intill sig. En hund skällde på avstånd och gatlamporna flimrade. Inne på trottoaren stod en man klädd i mockajacka med ryggen vänd mot honom. Mellan fingrarna glödde en cigarett. Gabriel saktade ner, tittade ut på vägen innan han fortsatte fram till mannen. Han hoppades på att han kunde peka ut ett kafé eller en pub.

”Ursäkta?”

Mannen reagerade inte. Gabriel harklade sig och knackade honom på axeln. Mannen vände sig om. Gabriel tappade andan. En vit kaninmask täckte halva ansiktet. Gummit hade flagnat, i de djupa fårorna låg rester av damm. Vinden fick jackan att glida upp och brösthår stack fram under. Han tog ett bloss från cigaretten och blåste ut. Gabriel tog ett steg tillbaka. Mannen kastade fimpen på marken, krossade den med sin sko. Han gick fram till tegelbyggnaden och öppnade en metalldörr täckt med nötta affischer. Syntmusik ekade mellan husen och dog ut när porten slog igen bakom honom.

Gabriel smög fram och kände på handtaget. Om det var en bar kunde han kliva in, värma kroppen med en whisky och vänta ut tiden. Någon på andra sidan slog upp dörren. Tre lättklädda män kom ut och tände cigaretter.

De tryckte sig nära varandra. Gabriel log mot dem och smet in i lokalen.

Basen vibrerade i golvet, män med nakna överkroppar och djurmasker gned sig mot varandra på dansgolvet. Vid baren viftade de med pengar åt bartendern. I ett hörn stod två män med tigermasker och keps. De spanade på de andra i jakt efter nattens byte. En ung kille med rävmask och mjukisbyxor gick fram till männen och lät byxorna glida ner till knävecket. Den ena mannen drog upp masken på huvudet och kysste honom, den andra tittade och gned sin hand över gylfen. Bartendern gapade något på tyska åt dem och pekade bort mot ett mörkt rum med pärldraperi. Männen nickade och tog den rävmaskerade killen i händerna, ledde honom dit.

Gabriel följde männen med blicken och önskade att han kunde ha varit deras byte. Han plockade upp en skär grismask som låg på ett bord, satte på sig den och speglade sig i en dammig spegel med guldram. Trynet gjorde honom rätt, under masken dolde sig ett allvarligare jag som han gärna ville slippa.

Han satte sig vid ett tomt bord, lösgjorde slipsen och lutade sig tillbaka. En man med hårig mage och hästmask satte sig bredvid honom. Han erbjöd Gabriel ett glas Jägermeister. Han tackade och svepte det. Fler människor gjorde dem sällskap. Den höga musiken gjorde det svårt att höra vad någon sa. Stora munnar skrattade högt när Gabriel försökte tala. Mannen bredvid lade sin hand på hans lår och började massera det. Gabriel lyfte diskret bort den, ursäktade sig och gick ifrån bordet. Hjärtat bultade innanför bröstet.

Musiken på dansgolvet ökade i takt och männen följde rytmen. En man tappade sin mask på golvet. De svarta ögonen stirrade mot honom likt en räv som träffats med hellysena på en motorväg. Gabriel steg bakåt och stötte emot ett dansande par. Han vände sig om och ursäktade sig. När han tittade ut mot dansgolvet igen hade mannen masken på sig. Gabriel skakade på huvudet och slank in på toaletten.

Kaklet var täckt med klistermärken i form av röda stjärnor, flaggor och överstrukna hakkors. En karikatyr på en framåtlutad Hitler som blev påsatt av en muskulös man var klottrat på spegeln. Gabriel skrattade. Om han hade varit på ett liknande ställe i Sverige skulle bilden antagligen föreställt Jimmy Åkesson eller Åke Gren.

Toalettbåsen var stängda, tillbakahållna stön hördes bakom dem. Gabriel tittade besvärat ner i pissoaren. Att dra fram könet för främmande människor var inget han var bekväm med. Varför var det tillåtet för män att pissa helt öppet medan kvinnor hade lyxen att stänga om sig?

Ett bås längst in stod på glänt. Han gick fram, sköt upp dörren och stirrade förskräckt tillbaka på en man som höll en hoprullad sedel i sin hand och vitt pulver i gropen på sitt knä.

"Ursäkta", sa Gabriel och drog igen dörren.

"Det är lugnt", sa mannen.

Dörren gled upp.

"Är du svensk?"

Mannen nickade och sträckte fram sedelrullen mot honom.

"Vill du ha?"

Gabriel tvekade för ett ögonblick innan han gick in i båset och stängde till dörren. Han gick ner på knä, lyfte masken och snortade pulvret. Ett lätt sus for igenom hans huvud. Färgerna omkring såg klarare ut. Pulsen ökade och slog i takt till musiken som dånade i väggarna. Han torkade sig om näsan och satte tillbaka masken.

"Bor du här?" frågade Gabriel.

”Till och från, reser runt en hel del. Stannar jag på en plats för länge tröttnar jag. Genom att flytta runt så håller jag mig levande.”

”Önskar att jag kunde vore som du.”

”Vad är det som stoppar dig? Vi är alla fria individer. I alla fall tills någon binder fast oss, fast det är endast om vi har riktigt tur”, mannen blinkade åt honom.

”Jag antar att du har rätt.”

Han tog sig om nacken och kände svetten. Mannens ord gick in i hans medvetande och fick honom att undra när hans liv egentligen skulle börja? Livet for förbi honom som skogen utanför en bilruta. När skulle det stanna?

Han svalde och slog bort tanken.

”Vad är det som finns i rummet bakom draperiet?” frågade han.

Mannen skrattade högt och reste sig.

”Om du inte vet det så har du nog kommit fel.”

”Vad menar du?”

”Det märker du”, mannen flinade och gick ut från båset. ”Vi kanske ses därinne.”

Gabriel gick fram till handfatet, tvättade händerna. Ögonen bakom masken stirrade rakt mot honom från spegeln. Ett högt stön kom från ett av båsen. Nervöst torkade han händerna på sina byxor och skyndade sig ut från toaletten.

Röken på dansgolvet gjorde luften torr i lungorna. Gabriel stod med ryggen mot baren med ett glas Jameson i handen. Mannen från badrummet syntes inte till.

En blick letade sig fram till honom, han kunde känna den tvärs igenom rummet. Mannen med kaninmasken stirrade rakt mot honom. Ögonen glimmade i belysningen och mannen med kaninmasken drog handen över utbuktningen på jeansen. Gabriel log, blicken gled ner mot konfetti på golvet. Glassplitter knastrade under skosulan När han tittade upp var mannen borta och draperiet till det mörka rummet rörde sig. Han lämnade sin drink på baren och följde efter.

Rökelse lämnade ett dis i rummet och den söta doften av Nag Champa svällde i Gabriels näsa. En röd ljusslinga på väggen lyste upp i mörkret. Vid ett hörn låg en hög med masker, högst upp låg en kaninmask. Nakna kroppar slingrade sig om varandra på golvet. Benen darrade när han trängde sig emellan dem. Skon stötte emot armen på en av männen som började stöna och kroppen vibrera. Gabriel kippade efter andan. Rummet snurrade och männens ansikten förvreds till monstruösa varelser som stirrade mot honom. Han slet av sig masken, gnuggade sig i ögonen. Skuggfläckar växte på näthinnan och knäna blev svaga. Händer kröp upp längs hans ben, smekte låren, knäppte upp gylfen. Byxorna gled ner till knäna och de började leka med hans kön. Gabriel släppte masken och förenade sig med männen på golvet.

Fingertoppar drogs över hans bröst. Tungor lekte med tårna. Han flätade samman sina händer med de andra. Elektricitet spred sig genom kroppen och fick honom att skälva.

Han såg en svart himmel möta horisonten till ett blodrött hav. Vågorna vajade och ytan glittrade. En skugga rörde sig i djupet, den kallade honom till sig.

Gabriel såg upp i taket, flämtade. Ett enormt vidunder hängde i bjälkarna. Den sträckte ner sina tentakler, smekte deras kroppar. Sugkopparna slöts sig om deras kön och sög in deras livskraft. De blev en del av en större organism. Vidundret vidgade sitt gap och saliv droppade ner.

Gabriel ville slita sig från dem, men visste att om han släppte taget skulle hans blod sluta rusa.

De alla andades tungt. Pulsen slog fortare, hårdare. Revbenen knakade. De djupa andetagen övergick till höga stön. Musklerna spände, blodådrorna pressade ut huden, naglar grävde ner i skinnet. De alla gav i från sig ett skrik och det svartnade för ögonen på Gabriel.

Omtumlad klev Gabriel ut från klubben. Stjärnorna lyste klart i natten och vinden piskade mot kinderna. Vid trottoaren stod den kaninmaskerade mannen. Rök slingrade ur hans näsa ner till läpparna. Han vred sig mot Gabriel, tog ett bloss från sin cigarett och räckte över den till honom.

”Liv kan endast hittas i mörkrets skrymsle, i ljuset hittar du inget annat än fördärv.”

Gabriel tog cigaretten och såg blodstänket på sina händer. Han smörjde ut det över fingrarna, log och tittade upp. Gatan var nu öde och musiken hade tystnat. Han tittade på sitt armbandsur och tog ett djupt andetag. Nattluften kändes frisk.

SÖMNLÖS

23:56

MADRASSEN SKAR IN I RYGGEN och hur jag än vred på mig kunde jag känna den där knölen mitt i sängen. Jag försökte nonchalera den, det var antagligen en fjäder som gått sönder. Sängen var ju trots allt äldre än mig och något som jag ärvt från mina morföräldrar. Nackdelen med att vara den äldsta av tre systrar och alltid vara först på tur för saker man inte vill ha. Det var även anledningen varför jag hade tre porslinskatter stående i fönstret som kastade skuggor över golvet från månskenet. Jag hade fått lovat att inte kasta dem. Enligt min mor skulle de vara värdefulla. Jag höll tyst om att de gick och hitta på varenda loppis över landet och att de mer eller mindre gav bort dem. Tanken var att jag åtminstone skulle stoppa ner dem i källaren om jag någonsin kom för mig det.

Min blick följde sprickorna i taket, de påminde om blodådror som grenade sig ut. På täcket låg ett rött kronblad som påminde om vallmo. Jag borstade ner det på golvet och lade mig på sidan.

Stygnen på mitt huvud brast och tankarna föll ut på kudden. Hjärnan började gå i rundgång likt ett gnisslande kugghjul och malde sönder varje tanke till stoff; hade jag verkligen stängt av kaffebryggaren? Stod strykjärnet på? Är ytterdörren låst? Jag klev upp ur sängen och gick ett varv runt i lägenheten för att försäkra mig om att allt var avstängt och låst innan jag kröp ner igen.

Lakanen kändes sträva mot huden och jag föreställde mig hur små vättar jade trampat sönder knäckebröd när jag varit borta. Jag ristade av lakanen och bäddade ner mig igen. Kände jag verkligen på dörrhandtaget? Jag försökte slå bort tanken.

Min hand letade sig ner i trosorna och jag försökte onanera. Det hade alltid varit som en ritual innan jag somnade. Läpparna kändes torra och fingrarna sträva mot könet. Jag vätte mina fingrar i munnen och lät dem glida in och försökte väcka liv i lusten genom att föreställa mig en vältränad manskropp. Bilden kändes fantasilös och jag kunde inte känna så mycket som ett pirr. Jag lade armarna på sidan om kroppen. Knölen i madrassen kändes större och en svag puls bultade i ryggen.

00:31

Klockradions röda siffror lyste upp rummet. Jag skulle ha somnat för flera timmar sedan. Täcket kändes tungt och min kropp fuktig. Jag sparkade av mig det. Kylan kom snabbt och fick mig att linda in mig i det igen.

Tanken att orka upp till jobbet började cirkulera i mitt huvud och jag kände hur pulsen ökade. Det krävdes visserligen ingen större tankekraft att plocka matvaror på en pall, däremot om tröttheten slog till var det lätt att ta fel och plocksnittet blev lidande. Då var det endast en fråga om minuter innan gruppchefen på lagret kom fram och började tillrättavisa mig. Det var inte ovanligt att de indikerade att jag inte var lagd för det här jobbet och att om de skulle dra mina fel från lönen skulle jag ligga på många tusen back. Därför brukade jag sjukanmäla mig när sinnet inte var skarpt, men efter att ha fått en varning var det inte ett alternativ. Om endast modet fanns där att säga upp sig och gå vidare i livet. Kanske skulle de se hur värdelös jag egentligen var och avskeda mig. Fast vad skulle jag egentligen göra utan jobbet? En kandidatexamen i litteraturvetenskap var inte något som arbetsgivare skrek efter och det fanns inget annat som intresserade mig tillräckligt mycket för att sätta mig vid skolbänken igen. Visserligen skulle jag kunna ge litteraturen tre år till för en masterexamen. Men vad skulle det egentligen ge, förutom ett större studielån?

Armen hade somnat och stickningar i huden kunde kännas när jag rörde på den. Jag masserade den tills fingrarna vaknat till liv, lade mig till rätta och blundade. Startade att räkna från ett till hundra. Jag kom av mig efter femton och fick börja om igen innan jag återigen flöt bort i en tanke om studier och jobb.

01:01

Ett snyftade kom från sovrummet på andra sidan väggen. Jag satte mig upp i sängen och tände Tiffanylampan på nattduksbordet. Med örat pressat mot väggen försökte jag avgöra om det var en man eller kvinna som grät, men hade svårt att höra. Jag smekte tapeten med min hand som ett försök att trösta. Rummet tystnade tvärt. Det enda som kunde höras var hur någon på andra sidan drog något mot väggen. Jag ryckte bort huvudet. Kunde någon ha höra mig?

Jag reste mig upp och gick ut till vardagsrummet. En lätt dimma över möblerna kunde anas i mörkret. Min hand letade sig runt på väggen efter lampknappen. Skenet från takplafonden fick de vita väggarna att blända mig. När ögonen vant sig, såg allt ut som vanligt.

Lägenheten hade en öppen planlösning mellan köket och vardagsrummet. Det fick den att kännas rymligare än den egentligen var. Planritningen som jag fått innan jag flyttade in i lägenheten hade markerat ut hur jag skulle ställa mina möbler och jag gjorde mitt bästa för att bryta mot den. En vägg var förstärkt för att hänga upp en stor plasmaskärm. Där valde jag istället att ställa bokhyllor och fylla dem med alla böcker jag samlat på mig genom åren. Hyran var dyr och åt upp större delar av min lön vilket gjorde att fritiden blev begränsad. Priset fick många att tro att jag bodde i innerstan i Stockholm och inte en nyproducerad lägenhet i utkanten av Järfälla. Det var långt från allt härifrån. Kunde inte förstå hur alla jag kände fick tag i bostäder kring söderort utan några problem medan jag var förvissad hit. Funderingar kring att flytta tillbaka till Torshälla fanns, men tanken gav mig magknip. Att flytta dit skulle vara som att acceptera att livet inte kunde bli bättre och ge upp.

Jag värmde en kopp varm mjölk med kanel och gick ut och satte mig i soffan. Mjölken brände mot läpparna medan jag sneglade mot bokhyllan. Jag ställde koppen på borden och tog fram ett drömlexikon jag fått av min mor. Hon hade länge varit insyltade i Esoteriska rörelser och trodde sig alltid kunna hitta svar i det andliga. I min ungdom fann jag det intressant och läste gärna om det paranormala och fantiserade mig bort till en värld där alla dessa underliga saker existerade. Ändå kunde jag inte tro på dem hur mycket jag än försökte. Det var antagligen därifrån intresset för skönlitteratur kom ifrån, ett sätta att fly undan den trista vardagen. Hellre leva i någon annans fantasi än i min egen vardag.

Jag gled ner i soffan och kunde inte undgå att le när jag tittade på omslagen som föreställde en stig täckt i dimma. Baksidan på boken beskrev det som en vetenskap. Om nu så var fallet, skulle inte läkare och psykologer ge ut en varningslista över farliga drömmar då?

Bokstäverna i boken flöt ut från orden och jag kunde inte utgöra vad som stod. Jag blinkade upprepade gånger, pressade fingrarna mot ögonlocken och spände blicken på texten. De var fortfarande oläsliga. Jag lade ifrån mig boken, tog koppen med mjölk och blåste. Det smakade inge vidare.

Jag slog på radion och byte kanal till P1. Något som skulle föreställa en radioteater hade presenterats. Ett monotont ljud spelades upp, som om någon slog med händerna mot ett galler. Jag förstod inte vad den handlade om. I bakgrunden viskade någon. Jag kunde inte uppfatta vad de sa. Jag höjde volymen och försöker tyda orden men kunde fortfarande inte förstå dem. Vad vill de egentligen säga med den här pjäsen? Det drömlika ljudet fick mig att fundera på om jag verkligen var vaken? Låg jag och sov? En dröm i en dröm i en radio.

- - : - -

En äng bredde ut sig mot en oändlig horisont. Gräset virade sig runt stjälken på den blommande vallmon och vajade tillsammans i brisen. Vinden plockade de röda kronbladen och smekte dem över min hud. Innan de svävade upp mot den klara skyn och bildade olika konstellationer. Bladen smälte samman med den blå färgen och gjorde himmelen violett. En storm drog in och tog med sig ett mörker. Grönskan gav vika för de kraftiga vindarna. Jorden under mina bara fötter blev torr och skar in i fotsulorna. Regn började falla och lämnade röda fläckar på mitt nattlinne. En knastrande röst viskade på avstånd: ”Dröm inte så högt, du kommer väcka honom.”

01:59

Radion sprakade. Jag stängde av den och gäspning trängde ut ur min mun. När jag gick in till sovrummet stelnade jag till som om någon drog ett finger över min ryggrad. Något krafsade under sängen, likt en katt som försöker dölja sin avföring. Jag trippade fram mot sängen, böjde mig ner. Det var mörkt. Jag drog handen över golvet, ett lager med smuts och ett tomt sömntablettsblister följde med mina fingrar. Fler kunde skymtas in under sängen bland stora dammtussar. Jag kröp in under sängen och sträckte mig efter dem. Fingrarna snuddade vid dammtussen som fick mig att dra tillbaka handen. Den kändes hård som keramik. Jag sträckte mig efter den och kände hur den strök sig längs mina händer. Paniken spred sig i kroppen och automatiskt försökte jag resa mig upp och slog huvudet i ribbotten. En metallisk smak fyllde munnen medan jag kravlade mig ut.

Jag satt handfallen på golvet, och masserade den begynnande bulan i min skalp och undrade vad som just hänt.

Gardinen i fönstret fladdrade till. Jag tittade upp och såg att porslinskatterna på fönsterbrädan var borta och fönstret stod på glänt. Svek minnet mig? Hade jag gått ner med dem till källaren?

Jag gick fram och stängde fönstret. Gnuggade mina händer mot varandra och hörde hur det fortsatte krafsa under sängen. Jag tog ett steg närmare sängen och hörde hur något fräste. Små skuggor rörde sig kvickt ut från sängen och över golvet in mellan mina fötter. De klöste mig på benen och försvann in under sängen. Jag hoppade upp i sängen och drog täcket till mig.

Min kropp skälvde och tystnade in rummet framhävde ljudet av mina hjärtslag. Jag böjde mig ner över sängkanten. Skuggorna var borta och porslinskatterna stod på sin plats. Jag såg ner på benet men kunde inte se så mycket som en rispa.

02:15

Sprickorna i taket hade blivit större. Min blick letade sig mot porslinskatterna för att försäkra mig om att de stod kvar. Kunde svära på att de rörde sig i min ögonvrå. Den ena stod bortvänd och tittade ut genom fönstret medan den andra stirrade mot mig. Den krackelerade färgen i det ena ögat fick den att tappa sitt söta uttryck den en gång haft.

Jag klev upp ur sängen, plockade ner dem i en papperspåse och ställde dem i hallen.

På väg mot sovrummet stannade jag vid vardagsrumsfönstret och såg ut över det nedsläckta bostadsområdet. Jag var inte längre en del av samma värld. Det känns som om ett annat liv. En mutter som ramlat från ett stort hjul. Någonstans därute fanns det ett liv som väntade på mig. Ett utan dåliga arbetstider och sliten rygg.

Bakom mig hördes ett prasslande från hallen. Klor rev i pappret och duns hördes. Jag vågade inte röra mig. Lätta tripp hördes mot parketten. Jag slöt mina ögon, försökte ta ett djupt andetag och intala mig själv att det enbart var en inbillning. Något strävt drogs emot min hud. Andningen blev kort och jag drog mig ur min förstelning och sprang in i sovrummet. Jag slog igen dörren, kastade mig i sängen och gömde mig under täcket. Klös rispade mot dörren. Jag pressade kudden mot öronen och kände hur min kropp sjönk ner i madrassen.

Ögonen ville inte öppna sig och knölen slog som en hammare i ryggen på mig. Sinnet kändes diffust, på kanten till ett gränsland. Jag försökte resa på mig. Kroppen ville inte lyda mig. En osynlig kraft höll mig tillbaka i sängen. Mina andetag var korta och snabba. En närvaro kändes i rummet. Tätt intill mig fast ändå inte. En monoton röst vibrerade genom mitt huvud.

"Min sömn är helgad, uppväckaren ska agas med kätting."

Mina läppar försökte forma ord, men inte ljud lämnade dem. Jag började hyperventilera. En mänsklig gestalt kunde ses i mitt inre som en skugga.

"Här regerar jag, din lekamen är min. Mina namn är många, uråldriga som endast viskas i mörka drömmar. Jag är han som sover och råder i midnattssömnens herravälde. Jag regerar över bråddjupet, min röst är det sista du hör när du sjunker."

Mina läppar darrade. Allt jag ville var att få somna och glömma det här.

"Evig sömn är inget annat än total vaknad. De döda sover för evigt och själen skall aldrig sova igen. Jag kan låta din själ upplösas, men jag tror ingen av oss vill det. Jag skulle mista en undersåte och du ett efterliv."

Gestalten tycktes höra mina tankar.

"Vad gör jag här?" tänkte jag.

"Kött kräver ett medvetande. Även kallt blod pumpar efter liv. Dina skallrande slag döljer sig inte under Edgars golvplankor. Det vilar bakom hud och ben in under dig. Bryt sönder barriären och himmelen kommer öppna sig. Eller avstå och kom till mig."

Mina ögon gled upp och kisade upp mot taket. Jag ville skrika, men läpparna var hårt förslutna. I taket satt vad som påminde om en människokropp uppspikad. Blod droppade ner i sängen och skvätte över mig. Varelsens kropp var täckt i blåmärken och ansiktet var kantigt och näsan bortskuren. Dess kön var som ett stor gapande hål där köttslamsor hängde ut. Jag ville titta bort men kunde inte släppa blicken från den. Den öppnade sina ögon och såg på mig med blodsprängda ögon.

"Du kan vila i mina armar utan fruktan."

Jag försökte stänga mina ögon, men de pressades upp. De två stora katterna kröp ut från mörkret, lade sig intill gestalten, strök sitt huvud mot den och slickade huden.

"Lägg dig här och sov lugnt."

”Vad händer om jag gör det?” tänkte jag.

”Evig sömn.”

Mina läppar slappnade av och jag fann kontrollen över dem.

”Jag är inte redo”, viskade jag.

Madrassen mjuknade och min kropp sjönk ner.

”Jag finns här när den tiden är kommen.”

”När kommer jag veta?”

”Tiden är för alltid.”

Min kropp kände tung och madrassen omfamnade mig. Varelsen försvann längre och längre ifrån mig och jag slukades ner i ett mörker.

0 3 : 2 4

Min kropp ryckte till. Jag satte mig rakt upp i sängen och tittade på klockan. Hjärtat slog hårt och mina händer darrade. Hade allt varit en dröm som jag vaknat upp ifrån? Jag kunde fortfarande se varelsens blodsprängda ögon stirra mot mig när jag blundade, den väntade på mig.

”Vila i mina armar utan fruktan.”

Jag kravlade mig upp ur sängen, smög mig fram till dörren och lade örat mot den. Någon på andra sidan spann som en katt. Jag backade emot sängen och kröp upp i den. Under mig pulserade madrassen i samma takt som mitt hjärta, fortare, hårdare. Jag tittade på klockan och skakade på huvudet. Kunde ha svurit på att minuterna inte rört sig. Svek minnet mig, eller hade jag enbart sett fel?

0 3 : 2 4

Min blick stirrade mot klockradion. Räknade sekunderna. Vad jag trodde var minuter gick, ändå slog den inte om. Den slog inte om. Jag ryckte ut kontakten ur väggen och skärmen slocknade. När jag stoppade in den igen sken samma tid. Jag tryckte på alla knappar och försökte ställa om den.

Jag började andas fortare. Bröstet kliade och huden omkring blev alldeles röd. Jag ryckte sönder nattlinnet och pressade ner naglarna i huden och rev upp tunna strimmor blod.

De röda siffrorna skar i ögonvrån. Jag drog ut klockan ur kontakten och kastade den i golvet. Små svarta plastflisor regnade över golvet. Endast skärmen var intakt. Jag föll till golvet och lutade mig mot väggen. Gråten trängde sig på. Jag bet mig själv i armen och tittade sedan på tandavtrycket huden. Verkligheten gjorde sig påtaglig.

Någon på andra sidan väggen drog handen över tapeten. Jag pressade pannan mot väggen och kunde nästan känna värmen från handen. Den kändes tryggt. Jag lade min hand på väggen och besvarade gesten. Det kändes bekant. Personen på andra sidan tystnade.

Jag kröp ihop och stirrade mot den svarta skärmen på klockan. Siffrorna syntes igen och blinkade i mörkret. Sladden var fortfarande utdragen Jag kramade mina ben hårt och lät min panna vila mot mina knän.

03:24

Nätterna hade börjat smälta samman och jag kunde inte längre skilja mellan dröm och verklighet. Hur kunde jag veta om det här var sanning eller om det var min egen fantasi som konstruerat denna värld och lämnat mig som ett tomt skal att alltid minnas den.

Världen tycktes fortsätter rulla på utanför fönstret i en konstant natt. Jag kunde inte ens säga hur många år som hade gått. Endast linjerna på mina händer avslöjade att det var många. Om allt detta vore en dröm, borde jag inte ha vaknat upp nu? Kan en dröm fortgå i en livstid för att sedan vakna upp efter en natts sömn?

Sängen bakom mig fortsatte att pulsera, ett evigt dunkande, en evig väntan, men ingenting fanns där. Klockan blinkade i takt:

03:24

03:24

03:24

Jag rev upp lakanet och letade med händerna efter knölen men kunde inte känna något, ändå visste jag att den fanns där under. Jag slet upp tyget. Madrassen under hade en muskulär struktur täckt i vener. Ur en knuten öppning spirade det ut blod. Jag pressade ner mina fingrar genom hålet, töjde det och tvingade ner min arm. Blod pumpade ut medan jag grävde mig ner. Sprickorna i tacket bröts upp ovanför mig och en nattsvart himmel syntes. Vallmo liknande kronblad regnade ner och lade sig som ett täcke över rummet. Jag rev ut slamsor av kött och nådde något som påminde om revben. Jag bröt sönder dem en efter en tills jag nådde en pulserande knöl. Jag greppade den och drog ut den ur madrassen. Ett kallt hjärta dunkade i min hand. Den täcktes av en svärta och luktade som kol. Jag bet tag i det. Ryckte bort en slamsa från det och svalde. Min mun vattnades och magen ville kasta upp det. En lätt värme kom från hjärtat. Jag svalde ner saliven och fortsatte äta.

Rummet snurrade och mina ögon flimrade. Jag föll ner i sängen och såg upp mot mörkret. En enda stjärna trädde fram på himmelen. Den sken starkare för varje hjärtslag. Vallmobladen föll och täckte min kropp.

05:57

Försiktigt öppnade jag ögonen och bländades av ett starkt ljus. Solen trängde emellan persiennerna och sken rakt i mitt ansikte. Kudden kändes fuktigt mot huden och jag torkade bort saliven som rann ner från mungipan. Jag sträckte på mig och satte mig upp. Rummet såg städat ut och alarmklockan stod på nattduksbordet. På fönsterbrädan stod de två porslinskatter. Jag gnuggade händerna över ansiktet och lutade mig mot väggen. Klockan slog över till sex och larmet började tjuta.

POJKEN AV TRÄ

35

HAN KÄNDE SIN INSIDA RUTTNA av mannens säd. Inlåst i ett kabinettsskåp låg han och väntade på att få komma ut. Karvad ur lönn, med tagel som hår och ögon av porslin. Han kunde inte röra sig, endast se. Var han levande, hade han ett medvetande, eller var hans tankar endast en fantasi skapad ur hans omedvetenhet? Han hade skådat världen tillräckligt för att veta att den mest besinningslösa människan levde. Betydde det då att även han gjorde det? Fast hur skulle han veta? Han var ju enbart en pojke av trä.

En klocka tickade utanför. Han räknade varje slag för att hindra sig själv från att bli galen. Det ständiga mörkret tärde mer på honom än de saker han sett i ljuset. Tankarna gled iväg till ett tidigare liv, dit han längtade tillbaka.

Det första minnet han hade var av mannen som täljt honom, Dockmakaren. En ensam man med en leksaksbutik som knappt gick runt. På de kantstötta hyllorna satt dockor från hela världen uppradade. Pojken undrade om även de hade en lika livfull själ som han. Kunde de också höra snyftningarna om nätterna från Dockmakarens sovrum eller stirrade de enbart livlöst ut på dammkornen som snöade i belysningen?

Förr brukade föräldrar med barn besöka butiken. Pojken förundrades över hur hårt de små fötterna kunde sparka i golvet för att tigga till sig en leksak för att sedan bli utdragna i armarna av en argsint mor. Nu stannade knappt någon ens vid skyltfönstret. Det var som om alla barn hittat något bättre att leka med.

Dockmakaren satt oftast med hakan i handen och spelade schack. Bakom en trave böcker stod en öppnad konservburk med en sked i. Han viftade bort flugorna runt den, skrapade ur resterna och tuggade i sig det med rynkat ansikte. Emellanåt såg han på Pojken som satt på disken framför honom, frågade vilket hans nästa drag var, innan han suckade och flyttade en pjäs.

Det smärtade Pojken att se honom dyster. Han ville svara, säga att han förstod hans sorgsenhet, fast hur högt tankarna än skrek, rörde inte munnen på sig. Trösten fann han i vetskapen att de båda var kamrater i tystnad.

Men en kväll skulle deras vänskapliga band klippas itu, när dörrklockan klingade och en kostymklädd man klev in. De snäva skorna lämnade slaskavtryck på golvet. Små runda glasögon fick ögonen att se ut som knappnålar. Mannen fastnade med blicken på en mekanisk jultomte som snurrade på fönsterblecket och fortsatte in i butiken. Dockmakaren hälsade mannen välkommen. Mannen besvarade inte hälsningen utan fortsatte att titta runt bland dockorna.

"Du har inget av lite högre kvalité?" frågade han.

Dockmakaren snörpte på munnen, gick fram till hyllan och plockade ner en clowndocka i blå satinbyxor med silverbrodyr.

"Importerad från Frankrike."

Mannen fnyste.

"Letar efter något med lite mer liv", sa han.

Dockmakaren rätade till hatten på dockan och satte tillbaka den i hyllan.

"Det du ser är det jag har."

"Synd", svarade mannen.

"Jag tar beställningar … fast det kostar extra."

Mannen svarade inte. Pojken kunde se hur han kom emot honom. Mannens händer klämde hårt runt hans midja. Trätt knakade när han lyfte upp honom.

"Den här lilla krabaten är en skönhet för ögat."

Dockmakaren harklade sig.

"Han är inte till salu", sa han och tog Pojken.

"Varför inte?"

"Han är min finaste ägodel och funnits med mig länge."

Mannen flinade och såg sig runt om i butiken.

"Är du verkligen i positionen att neka till en försäljning?"

Dockmakaren skruvade på sig. Det var han inte, även Pojken visste det. Dockmakaren lät sitt finger glida över tränäsan. Ögonen bad om förlåtelse innan han nickade mot Mannen som tog upp en bunt med sedlar ur innerfickan och lade dem på disken.

"Det här borde täcka allt", sa han och ryckte till sig Pojken.

"Han är väldigt ömtålig så snälla var försiktig med honom."

Mannen tryckte ner Pojken i en tygkasse. Genom ett litet hål i tyget kunde han se hur Dockmakaren begravde ansiktet i händerna. Kassen började gunga och Dock-makaren försvann när dörren slog igen.

Pojken blev inlåst i ett kabinettsskåp i en källare. Det var hans första möte med komplett mörker. Timmar passerade, tankarna framställde vanställda skuggor som kröp runt i hans sinne. Att bli lämnad i ljusets frånvaro kunde driva den friskaste till vanvett. Han koncentrerade sig på ett tickande ljud utifrån. Räknade varje sekund.

Trappan utanför knarrade. En ljus prick skymtade utanför springan, den växte sig större. Låset vreds upp och någon öppnade skåpet. En brinnande flamma reflekterades i de runda glasögonen på mannens nästipp. Den varma andedräkten immade för porslinsögon. Mannen ställde från sig ett stearinljus och plockade upp honom i sin famn, lyfte hans hand och började dansa. Rummet snurrade runt och Pojken kunde inte fokusera sin blick. Skuggor dansade med dem till ljudlösa toner. Mannen tryckte honom tätt intill sig.

"Jag önskar att du var en riktig pojke", viskade han.

Mannen stannade, lade försiktigt Pojken på ett hyvelbord.

Blicken var riktad mot en verktygslåda. Mannen plockade upp borrsväng och försvann ur synhåll. Även om Pojken inte hade något hjärta kunde han inbilla sig hur slagen skulle ha pulserat i hans bröst.

Kroppen började skaka och ansikte vreds ner mot bordet. Näsan drogs mot bänken och lämnade en ljus linje. Vibrationerna slutade och spånet dammade framför ögonen.

"Nästan riktigt", sa mannen.

Pojken kände sig vanskapt, han kunde inte se vad mannen hade gjort, enbart känna tomheten i sig när ett vinddrag drog igenom honom.

Mannen kysste bakhuvudet på honom. Bältspännet skramlade och en klang slog i golvet. Träbenen blev pressade mot bordskanten och huvudet bankade mot bordet. Pärlor av svett droppade ner på honom och mannen gnydde. Insidan blev våt och trätt stramade. En röst kom från övervåningen och mannen andades fortare.

"Kommer snart!" ropade han och låste in Pojken i skåpet.

Varje afton fortsatte i samma mönster. Pojken förmultnade sakta inifrån, ändå längtade han ut till mannen. Lidandet var ett billigt pris för en glimt av ljus. Tills en kväll när Mannen skulle dra sig ur honom, vrålade han och kastade in honom i skåpet. Mannen drog ut en lång sticka ur sitt kön. Han drog upp kalsongerna och en röd fläck växte sig stor, en våt hinna trängde igenom och droppade ner på golvet. Låset på skåpet vreds om.

Tickandet gick ohört förbi och svärtan trängde in i sinnet. Lukten av våt jord steg från honom. Buken mjuknade och huvudet föll fram mot skåpdörren. Ena ögat låg pressat mot glipan och stirrade ut i det oändliga mörkret. Minnet av Dockmakaren tynade sakta bort innan det gick helt förlorat och Pojkens huvud blev lika tom som hans kropp.

Efter en tid tändes lampan utanför och Pojkens sinne vaknade till liv. Mannen kommer ner för trappan med en påse med färgglada cirklar på i sin hand. Korta steg knarrade bakom honom. Pojken kunde skymta någon annan i källaren. Mannen hukade sig ner och sträckte fram påsen. Taniga fingrar från en okänd hand grävde runt i påsen och plockade upp en klubba med körsbärstryck. Pojken önskade att han kunde titta bort. Mannen hjälpte till att plocka bort plasten från den, han hade hittat någon annan, en riktig pojke.

HIMMELEN FINNS PÅ ANDRA SIDAN AV DIG

MITT BEN VAR HÅRT LINDAT med gasbinda och jag kunde fortfarande känna hur pulsen slog i vaden. Jag skruvade mig i stolen och såg bort mot receptionen. En sjuksköterska stirrade mot mig. Hon vek undan blicken när hon insåg att jag tittade tillbaka. Läkaren som tidigare skött om mitt sår rusade förbi väntrummet. Anhöriga med rödgråtna ögon tittade upp från golvet, reste sig och försökte få tag i henne. Hon lyckades snäsa av dem genom att säga att hon inte hade några nyheter. Rösten var skakig och hon gav skenet av att veta mer än hon ville berätta.

En polis som presenterat sig som Andersson satt framför mig och stampade med foten i golvet medan han bläddrade igenom sitt block. Svetten rann ner från hans röda ansikte, droppade ner på pappret och smetade ut bläcket. Hans kollega kom fram med en rykande kopp kaffe till honom och en ljummen läsk till mig. Andersson smuttade på kaffet, grymtade och sneglade mot kollegan.

"Ledsen, de hade inget bättre", sa kollegan och gick sin väg.

Jag öppnade läsken, tog en klunk och ställde den på stolen bredvid. Andersson tittade på mig och drog på munnen.

"Hur är det med ditt ben Jonas?" frågade han och torkade armen över pannan.

Jag ryckte på axlarna och försökte släppa blicken från leverfläcken på hans högra kind.

"Din läkare berättade att skottskadan inte är allvarlig och att du kommer att få åka hem redan i kväll."

"De sa att kulan gått igenom muskeln men inte gett några större skador. Du kom lindrigt undan ... med tanke på de andra."

"Jag förstår att det här måste vara jättesvårt för dig."

"Det är okej", svarade jag och rätade till glasögonen på näsan.

"Hur kände du Kristian?" frågade han.

"Han var min bästa vän och har varit sedan första klass."

Andersson nickade och skrev ner det jag sa i sitt block.

"Hur var han som vän?"

"Omtänksam, klok men väldigt bestämd. Det var som om han visste svaret på alla livets gåtor och kunde ge svar på tal utan att tänka efter. Egentligen var vi ett rätt så udda par, hade inte så mycket gemensamt förutom att vi båda inte riktigt passade in i skolan och gillade att spela tv-spel."

"Vad hade han för intressen?"

"Han var väldigt religiös och läste mycket ur Bibel. Vilket jag tyckte var lite konstigt. Det är inte ofta man stöter på kristna människor, speciellt inte i den åldern."

"Hur blev ni vänner?"

"När jag började skolan hade jag inga vänner och höll mig för mig själv. Klasskamraterna hade gått på dagis tillsammans och jag var utbölingen som ingen ville ha något att göra med. Killarna i klassen kallade mig för tönt och fjolla för att jag hade glasögon och en röd tröja med ett Mimmi Pigg-tryck på. Under rasterna satt jag ensam vid gungorna och väntade på att dagen skulle ta slut. När jullovet kom övervägde mina föräldrar att låta mig byta skola, men de hoppades på att det skulle bli bättre och bestämde sig för att vänta tills första året var slut. Efter lovet kom Kristian till vår klass. Till en början brydde jag mig inte om honom, antog att han skulle bli en del av killgänget i klassen och att det då bara var en tidsfråga innan han också skulle börja släppa ut luften ur min cykel. Men en rast kom han fram till mig och frågade om vi skulle gunga."

Jag kunde fortfarande se honom framför mig. Ståendes där framför gungan, med handen för solen och kisande med sina bruna ögon. Runt halsen bar han ett silverkors. Käkbenen var breda med en kantig haka och under den orangea mössan stack hans ljusbruna hår ut. Jag kunde genast se att han skulle ses som en av de snygga i klassen och bli populär bland de andra barnen, ändå stod han här med mig. Vi tillbringade hela rasten med turas om att snurra varandra i gungan tills vi blev illamående.

"Efter det började vi hänga varje dag", sa jag och tog en klunk från läsken.

"Vad brukade ni göra tillsammans?"

"Oftast sov han över hos mig och vi spelade tv-spel hela nätterna. Det blev mest skräckspel, typ Resident Evil och Silent Hill. Men i slutet av högstadiet började vi istället smyga ut och besöka en övergiven fabrik vi hittat när vi var på studiebesök i den gymnasieskola vi skulle börja på."

”Menar du Tunafors fabriker?” frågade Andersson.

Jag nickade och log lätt.

”Vi brukade utforska huset och fick för oss att det spökade där. Vi visste att det endast var vår fantasi som spelade spratt med oss. När vi blev trötta på att gå omkring, gick vi högst upp i huset till ett stort rum som fanns där. Vi brukade sitta vid ett trasigt fönster och titta ut över området. En gång råkade jag somna i hans knä och han lät mig sov där långt in på morgonen. Mamma blev verkligen inte glad när vi kom hem, men det fick oss inte att sluta gå dit. När vi började gymnasiet var vi där nästan varje dag.”

”Låter lite som ni var mer än vänner”, sa Andersson och tittade upp från blocket.

”Kanske det”, mina ögon letade sig ner i golvet.

”Hade ni en kärleksrelation?”

Mitt ansikte hettade till och jag kom att tänka på de gånger jag och Kristian suttit och spelat tv-spel tillsammans hemma hos mig. Hur jag närmat mig honom i soffan. Känt hans värme stiga från kroppen och doften av metallisk frost från hans sprejdeodorant som alltid skulle finnas kvar i mitt minne. Min hand hade glidit över till hans lår och han flyttade den till skrevet. Jag öppnade hans gylf, drog ner kalsongerna och tog honom i min mun. Han pressade handkontrollen hårt mot mitt huvud och tömde sig inuti mig. Sedan utan ett ord reste han sig upp, knäppte byxorna och gick hem. Först kände jag mig dum, som om jag hade gått över en gräns, men han kom alltid tillbaks. Vi talade aldrig om det. Det var något som hände när två pojkar kom väldigt nära varandra.

Andersson tittade på mig. Jag valde att berätta att vi kysst varandra även om våra läppar aldrig mött varandra. En sorg och en längtan som jag alltid skulle bära med mig. Till en början trodde jag att Kristian delade mina känslor, eller så var det något jag hoppades på. Han följde alltid dit hans hjärta pekade, med ryggen vänd mot mig. Och jag stod bakom, och väntande på att han skulle vända sig om. Jag kände mig ofta som hans skugga. Men rädslan av att förlora honom var så stor att jag hellre levde i hans ljus och fick en liten del av honom än ingenting alls.

"Hur var relationen till hans familj?" han tog en klunk av kaffet.

"Hans mamma var nästan aldrig hemma. Om hon var där så låg hon utslagen på soffan med en halvtom box med vin på golvet. Deras hem var i ett kaos. Möbler stod överallt, fulla med skräp som hittats på loppis. Hopknutna soppåsar fanns här och var i huset och om man råkade röra någon av dem så svärmade bananflugorna upp. Det enda rummet som var rent och i ordning var Kristians rum. Om hans mamma vaknade när jag var där så brukade hon alltid få ett utbrott. Hon brukade storma in i hans rum och skrika att jag skulle gå hem."

"Blev hon någonsin våldsam?"

"Inte mot mig. Fast Kristian kom ofta till skolan med en långärmad tröja för att dölja blåmärkena. Jag antog att det var därför han ofta ville sova över."

"Vart höll hans pappa hus?"

"Jag vet inte. Hans pappa var alltid lite utav ett mysterium. Kristian pratade aldrig om honom. En gång när jag frågade blev han riktigt arg. Efter det vågade jag inte fråga igen. Fast hans mamma brukade svamla märkliga saker när hon var full. Ibland sa hon att han var faderlös, andra gånger berättade hon att han var ett våldtäktsbarn eller ett djävulsbarn. Historierna ändrades från gång till gång och om jag ska vara ärlig så slutade jag lyssna efter ett tag. Det lät mer som hon hade någon slags alkoholpsykos. Mina föräldrar hade gått i samma skola som henne och berättade en gång att hon redan då haft det svårt."

”Din rektor har berättat för mig att du och Kristian startade en klubb i skolan?”

Jag tog ett djupt andetag och såg ut genom fönstret bakom Andersson. Mörka moln var på ingång och trängde sig emellan de vita. En bris drog igenom väntrummet från ett öppet fönster. Huden på mina armar knottrade sig. Andersson slog pennan mot blocket och försökte fånga min ögonkontakt.

”Jo, vi kallade oss för det Gyllene livet.”

”Det Gyllene livet? Jag vill inte låta otrevligt men det låter lite som en sekt.”

Jag himlade med ögonen och skrattade.

”Jo, det kan man väl säga att det var.”

”Vad var syftet med klubben?”

”Varken jag eller Kristian hade speciellt många vänner i gymnasiet. Även om han var bra att prata för sig och fick in oss på olika fester så var det inte många som vill hänga med oss. Jag tror mycket handlade om att han umgicks med mig. Han blev snyggare med åren, medan jag var smal och knotig och höll mig oftast i bakgrunden. Andra året i gymnasiet föreslog han att vi skulle fixa en klubb i skolan. Jag tyckte att vi skulle ha en tv-spels klubb där vi kunde träffa vänner och lira.”

”Men det tyckte inte han?”

”Han skrattade åt mig, kallade mig för tönt. Han ville att det skulle vara en kristen klubb där vi kunde ha intellektuella teokratiska diskussioner, som han brukade säga.”

”Varför ville han det?”

”Under det första året på gymnasiet började hans intresse för religion att växa. Han läste till och med stycken ur Bibeln för mig när vi var på fabriken och pratade om att världen var korrupt och vänt Gud ryggen. I början trodde jag han drev med mig. Ju längre in på året det gick desto mer involverad blev han. Jag kände mig mest obekväm när han pratade om det men tyckte att han hade rätt att tro på vad han ville. Även om jag inte delade hans intresse så övertalade han mig att starta klubben. Jag trodde ändå inte att någon skulle komma till den.”

”Vad sa dina skolkamrater?”

”Många såg vår klubb som ett skämt och vi blev ännu mer utstötta än tidigare. Men Kristian gav inte upp, han var bestämd på att få dit folk.”

”Fick ni några fler?”

”Efter ett tag så dök några upp. Tillslut blev vi tretton stycken och alla väldigt bra vänner. De flesta av dem var lika utanför som oss. Vi började ta med dem till fabriken och drack vin vi stulit från Kristians mamma. Det kändes som om jag äntligen hade hittat hem och jag började se fram emot att gå till skolan. Kristian verkade inte känna samma sak."

"Varför inte?"

"Något inom honom förändrades. Han satt ofta tyst och skrev i sin anteckningsbok när vi var samlade. Han läste långa stycken från Bibeln och höll långa tal om hur Jesus offrade sig för mänskligheten. Vi lyssnade på honom, men ingen tog det på allvar. Alla andra var där för gemenskapens skull, men han verkade inte längre intresserad av oss. Han blev otålig när fler inte kom till mötena. Han tvingade ut oss i skolan med flygblad för att få dit flera. De flesta skrattade och kastade tillbaka papprena i ansiktet på oss. Det var otroligt jobbigt. Istället för att vara glad med den gemenskap vi hade, blev vi påminda om hur utanför vi egentligen var. Jag funderade till och med på att sluta gå till mötena."

"Ändå fortsatte du?"

"Jag hade ju ingen annanstans att gå, inga vänner. Utan Kristian hade jag ingen. Dessutom skulle han aldrig tillåta att jag drog. Han var väldigt klar med att säga att om vi inte följde honom, var vi emot honom."

"Kände du att det var ett hot?"

Jag skakade på huvudet. Regnet började dugga mot rutorna.

"Kristian kunde vara problematisk, men jag trodde aldrig att det var ett hot. Han var ju min vän. Kanske var det därför jag hade svårt att ta till mig att han ville någon illa. Men han började säga märkliga saker. Han berättade att han höll på att skriva ett nytt testamente till Bibeln. Ett som förklarade hur världen skulle renas från smuts. Han sa till och med att han var frälsaren som skulle leda människor mot himmelen."

Andersson tittade upp från sitt block med en rynkad panna.

"Trodde du på att han var frälsaren?"

"Jag vet inte vad jag trodde. De andra killarna började tro på det han sa och någonstans ville jag det också. Fast det kändes ändå löjligt att tänka sig att han var den nya Jesus." Jag skakade på huvudet. "Det enda jag visste, var att han trodde att han var det."

"Hur påverkade det er vänskap?"

"Vi gled ifrån varandra. Han slutade komma hem till mig och vi var aldrig ensamma tillsammans. Han hörde enbart av sig när han ville att jag skulle komma till fabriken för att lyssna på hans predikan. Jag tyckte inte det var kul att gå dit längre, men jag gjorde det i alla fall. Fast jag tror han märkte att jag hade tappat lusten.

"Hur då?"

"När han talade så letade hans ögon upp mig i gruppen och började prata om hur två män inte skulle ligga med varandra. Då kunde jag inte ta mer. Jag kände mig kränkt. Det var som om han brutit ett löfte. Jag insåg att han inte längre var min vän. Så jag gick."

"Hur reagerade han då?"

"Han kom springandes efter mig och påstod att han inte förstod varför jag gick. Då kunde jag inte hålla tyst längre och berättade om mina känslor för honom. Han tittade på mig som om han inte förstod vad jag pratade om, sedan kramade han om mig. Jag trodde nästan att han skulle säga att han kände samma sak. Istället svarade han att han kunde läka mig."

Glasögonen kändes tunga på min näsa. Jag lyfte av dem, torkade bort fettet från näsryggen, polerade glasen med min T-shirt och satte tillbaka dem. En lätt värk började kännas bakom öronen från bågarna. Regnet slog nu mot rutorna och ett muller kunde höras långt bort.

"Jag tryckte bort honom och började gå ner för trapporna. När jag gick ner kände jag hans händer mot min rygg och han puttade ner mig. Jag föll ner på marken men fick inga större skador förutom några skärsår på händerna och uppskurna jeans. Han skrek på mig, kallade mig för förrädare och sa att han skulle berätta för mina föräldrar om hur pervers jag var och vad han och jag gjort tillsammans på mitt rum. Även om det gjorde mig rädd, bad jag honom att dra åt helvetet. Han vände sig bara om och gick upp för trappan."

"Talade han om för dem?"

Jag skakade på huvudet.

"Nej, men när jag kom hem den kvällen berättade jag allt för dem. Jag ville inte leva med en kniv mot ryggen. De tog det bättre än väntat och även om min pappa hade vissa problem med det så lyckades vi lösa det efter ett tag."

Jag sträckte mig efter läsken och tog en klunk.

"Hade du någon kontakt med Kristian efter det?"

Mina fingrar letade sig ner till burköppnaren och jag började vicka på den.

"Han ringde hem till mig några gånger, men min pappa svarade och sa att jag inte var hemma. I skolan kunde jag känna hur Kristian och hans gäng stirrade på mig, men de höll sig på avstånd. Någon ,som jag antar var dem, hade börjat klottrat på mitt skåp. Vaktmästaren att tvätta bort det, men dagen efter var det tillbaka."

"Vad skrev de?"

"Det vanliga; bög, fjolla, fikus och varje synonym till det de kunde komma på. Jag försökte att inte låtsas om det och koncentrerade mig istället på skolan."

"Blev de någonsin fysiska med dig?"

"Några veckor senare när jag cyklade hem så stannade Kristians gäng mig vid tunneln i Skiftinge. De drog ner mig från cykeln, tryckte mig mot marken och sparkade mig i magen. Kristian stod en bit bort med armarna i kors och ett allvarligt uttryck över ansiktet. De skrek bögjävel åt mig och en av killarna tog fram en kniv och tryckte den mot min hals. Han drog den sedan över mitt bröst och skar upp min T-shirt, bladet nådde huden och en tunn strimma blod trängde fram. Kristian skrek åt dem att sluta. De alla skingrade sig. Han klev fram, öppnade gylfen och pissade på mig."

"Polisanmälde du händelsen?"

Flärpen gick av från burken och föll ner genom öppningen. När jag tog en klunk skramlade den mot aluminiumet och föll ut genom hålet in i min mun. Jag ställde burken åt sidan, plockade ut flärpen från munnen och fingrade på den.

"Nej det gjorde jag inte och jag ville inte besvära mina föräldrar efter att precis ha kommit ut. Den enda jag berättade för var min klassföreståndare som sa att pojkar alltid kommer att var pojkar och det fanns inte så mycket skolan kunde göra. Det enda de kunde göra var att stänga ner klubben, vilket de gjorde, men det spelade ingen roll efter som de knappt sågs i skolan längre.

"Var tror du de höll till?"

"Antagligen på fabriken."

Andersson nickade.

"Låter som om du haft det tufft."

"Det finns de som har haft det värre."

"Smärta är inget som går att mäta med någon annans."

Jag ryckte på axlarna.

"Visste du vad han hade planerat?"

"Nej, men jag borde ha vetat att något skulle hände."

"Varför då?"

"Jag träffade några personer jag tyckte var trevliga på tillvalet i foto. Och efter som jag inte längre hade någon kontakt med Kristian så började vi umgås. Vi blev aldrig lika nära vänner som jag och Kristian, ändå litade jag på dem och råkade berätta vad han och jag brukade göra. Eller råkade och råkade, jag var trött på hemligheter. Oavsett varför trodde jag aldrig att det skulle komma ut."

"Hur fick han reda på det?"

"Människor har svårt att hålla tyst. Det jag berättade spred sig snabbt genom skolan. Jag försökte att inte bry mig, tyvärr kände inte Kristian och hans gäng samma sak. Folk i skolan berättade att de hade splittrats upp och att Kristian slutat gå till skolan. Han ringde hem till mig och anklagade mig för allt möjligt. Pappa hotade honom med polisen. Efter det hörde jag ingenting från honom. Antog att han flyttat härifrån. Jag drömde att han skulle komma tillbaka till skolan och att vi skulle bli vänner igen, börja om från början. I alla fall tills … ja du vet."

Jag tog läsken, svepte det sista och släppte ner flärpen i bruken.

"Fast kan inte hjälpa att känna att det var mitt fel, det var ju trots allt jag som fick alla att vända honom ryggen när det jag berättade kom fram."

"Vi är inte ansvariga för andra människors handlingar. Ingen kunde ha förutspått vad han hade planerat."

"Sant, men att hans mamma inte gjorde något? Jag vet att hon hade problem, men något borde hon ju ha sett."

Kommissarien flyttade runt sig på stolen.

"Tyvärr fann vi hans mammas kropp i hemmet. Hennes kropps hade legat där minst två månader."

Jag svalde och kände hur mitt hjärta började slå hårt.

"Jag vet att det här är svårt, men kan du berätta lite om dagens händelseförlopp i skolan? Hur började det?"

Mina naglar grävde ner sig i huden på min arm. Jag kunde fortfarande höra hur skriken ekade i mitt huvud.

"Min klassföreståndare och jag satt inne i ett klassrum och pratade om min frånvaro under terminen och vad jag skulle göra för att kompensera den. Det var som vilken skoldag som helst när något small till i skolan. Läraren bad mig stanna kvar och gick ut ur klassrummet. Jag kunde höra hur folk skrek ute i korridoren. Lärare ropade något som jag inte kunde höra. Då small det till igen och han blev tyst."

"Vad gjorde du?"

"Ingenting. Jag sjönk ihop under bänken och kunde inte röra på mig. Allt jag kunde göra var att sitta där och lyssna på hur folk skrek och bad för sina liv. Jag satt där tills hela skolan tystnade. Sedan smög jag mig fram emot dörren och tittade ut. Ett tiotal kroppar låg i korridoren och jag kunde höra fotsteg. De gick sakta men bestämt mot mig. Jag stängde försiktigt dörren och kröp in under bänken igen. Dörren slogs upp och jag kunde se två kängor i öppningen som klev in. Jag satt kvar och hoppades på att jag inte syntes." Jag mindes hur stegen vibrerade i golvet som hjärtslag. Min kropp skakade och doften av metallisk frost slog mig och en kall känsla for igenom min kropp. "Jag tittade ut under bänken och såg Kristian med en pistol i handen. Han klev fram, tog tag i bänken och kastade undan den. Jag kände mig liten när han såg ner på mig. Hans ögon var kalla och han riktade vapnet mot mig. Jag kravlade över golvet när han avfyrade pistolen. En oerhörd smärta kändes i benet. Jag försökte resa mig upp. Men han sparkade ner mig och ställde sig över mig. Han höll mynningen mot mitt ansikte."

"Sa han något?"

"Nej. Män i uniformer stormade plötsligt in i rummet med gevär riktade mot Kristian och sa åt honom att släppa vapnet. Han rörde inte en min, det var som om han inte hört dem. Jag bad honom att sluta men kunde se hur hans finger började krama avtryckaren. Innan han hann trycka avfyrades flera skott från männens gevär och Kristian föll ner över mig."

Mina ögon vattnades och tårar rann ner över ansiktet. Näsan blev täppt och min röst blev hes. Jag kunde inte tränga bort minnet av hur jag satte mig upp och lade hans huvud i mitt knä. Hans ögon stirrade upp mot taket och det fanns något fridfullt över hans uttryck. Jag kände plötsligt igen min vän. Jag torkade bort blodet från hans mun med min tröja och lutade mig fram och kysste hans läppar.

"Vet du hur han fick tag i pistolen?"

Rösten svek mig så jag skakade på huvudet. Han nickade och antecknade det i sitt block. Jag lutade mig fram, lade händerna under glasögonen och torkade bort tårarna. Anderssons kollega klampade förbi och fick mig att hoppa till så att smärtan i vaden gjorde sig påmind. Han viskade något i Anderssons öra som fick ögonbrynen att knipa ihop. Jag försökte tjuvlyssna men kunde inte höra vad som sades. Andersson vek ihop blocket och stoppade ner det i sin innerficka.

"Du får ursäkta, jag måste gå iväg en sväng."

"Får jag åka hem snart?" frågade jag.

"Jag har några frågor till. Skulle du kunna vänta här så länge?"

Jag suckade och nickade. Följde dem med blicken och såg hur deras händer greppade efter hölstret när de försvann ut i korridoren. Min puls ökade. Magkänslan sa att något inte stod rätt till.

En hård knall ekade genom sjukhuset. Jag satte mig rakt upp i stolen. Människorna i väntrummet ställde sig upp och såg frågande på varandra. Sjuksköterskan i receptionen öppnade sin lucka och stirrade ut i korridoren. En till knall lät och ett avlägset skrik hördes utanför dörrarna in till korridoren. Människorna började rusa ut genom korridoren mot nödöppningen. Sjuksköterskan pressade sig ut genom dörren från receptionen, puttade till en äldre man och försvann in i horden. En läkare med blodstänkta kläder sprang förbi.

Jag reste mig upp. Kände hur benet tog emot men haltade mig ut från väntrummet trots smärtan. Människorna var nu försvunna och de enda jag kunde se var Andersson och hans kollega ståendes vid en hiss långt in i korridoren. Andersson vände sig mot mig.

"Stanna där!" skrek han och viftade med handen.

Hissen plingade och dörrarna gled upp. Ett starkt ljus sken ut över dem. Andersson höll upp armen för ögonen medan kollegan drog efter sin pistol. Innan han fått upp den avfyrades ett skott från hissen och träffade honom i huvudet. Den vita väggen blev målad med hans blod. Anderssons mun gled upp. Han tog sin pistol och avfyrade den. Innan kulan nådde hissen föll den ner till marken som om den tappat all sin kraft. Ett till skott sköts från hissen, träffade Andersson i bröstet och han föll ner till golvet.

Ur hissen klev Kristian. Kroppen var naken med gamla skottsår på bröstet. Huden skimrade. Han stirrade rakt mot mig. Han hade haft rätt, frälsaren var kommen.

Andersson sträckte sig efter sin pistol, fingertopparna snuddade vid den. Kristian pressade mynningen mot hans huvud och sköt. Kroppen ryckte till av kraften från kulan och sen var den still.

Jag tog ett steg tillbaka. Jag tog ett steg tillbaka men satte vikten på fel ben och ramlade baklänges. Kristian kom mot mig. Han hukade sig ner. Blodådrorna syntes genom huden och hans irisar hade bleknat, som om en vit hinna täckte hans ögon. Kylan från hans andedräkt svepte över mitt ansikte. Jag kunde inte längre känna doften av hans parfym. Jag vred bort huvudet.

Han tryckte pistolen mot min tinning.

"Varför?" viskade jag.

"Det finns inget hopp. Avgrunden har öppnats och äter allt i sin väg."

Jag pressade bort pistolen med huvudet och såg honom i ögonen.

"Bara för att ditt hopp har tagits ifrån dig, måste du ta alla andras?"

Han tittade bort.

"Mitt hopp är det enda som räknas."

"Jag då?"

Munnen spändes åt och han reste sig. Spände greppet runt pistolen, riktade den mot mig och lade fingret på avtryckaren.

"Himmelen finns på andra sidan av dig."

INKORG (50)

20:25 skickat av bigbad4u:

Tjena snygging! Läget?

20:34 skickat av panda87:

(Meddelande raderat)

20:36 skickat av bigbad4u:

Härligt! Jorå med mig är det bara fint. Ligger i soffan och slaggar, glor på tv och pratar med dig. Måste säga att du är jättefin. Gillar verkligen ditt foto. Speciellt den när du ligger på sängen med håret för ena ögat. Du får ursäkta mig för min pinsamma raggningsreplik, men man kan tro att du är en ängel som fallit från himmelen. Måste vara många killar som skriver så till dig.

20:39 skickat av panda87:

(Meddelande raderat)

20:40 skickat av bigbad4u:

Skojar du? De måste vara blinda eller något grovt fel på dem.

20:41 skickat av panda87:

(Meddelande raderat)

20:41 skickat av bigbad4u:

Görs en kväll som denna?

20:42 skickat av panda87:

(Meddelande raderat)

20:44 skickat av bigbad4u:

Låter intressant. Finns det några filmer som gjorts på boken som man känner igen? Har inte så stor koll på nobelpristagare. Läser inte så mycket själv, förutom någon enstaka deckare på semestern, fast sånt är väll inte du intresserad av?

(Meddelande raderat)

20:47 skickat av bigbad4u:

Nähä, märkligt. Får ju en och undra hur hon kunde vinna ett pris då. Borde de inte ge det till författare som lite fler människor läser?

(Meddelande raderat)

20:53 skickat av bigbad4u:

I och för sig, det har du rätt i. Har inte riktigt tänkt på det så. Vad gör du annars om dagarna då?

(Meddelande raderat)

20:56 skickat av bigbad4u:

Vad får man göra då? Jobbar med djur då eller?

20:57 skickat av panda87:

(Meddelande raderat)

20:59 skickat av bigbad4u:

Jaha! Spännande. Låter avancerat. Verkar som om du är en riktigt smart tjej. Det gillar jag. Själv jobbar jag nere på bruket i stan. Annars på fritiden hänger jag med polarna, dricker öl och kollar på fotboll och sånt.

21:02 skickat av panda87:

(Meddelande raderat)

21:03 skickat av bigbad4u:

Jorå, det funkar. Jobbar nu måndag till fredag efter att ha gått över från treskift så ska inte klaga. Fast det finns väll säkert roligare saker man kan göra.

21:04 skickat av panda87:

(Meddelande raderat)

21:04 skickat av bigbad4u:

Nja, känner inte riktigt för att sätta mig bakom skolbänken igen. Mina betyg är inte de bästa direkt och jag är inte direkt en plugghäst.

21:05 skickat av bigbad4u:

Såg på din profil att du gillar att lyssna på klassisk musik. Det gör jag också ibland, fast det blir väll det mest rock när man är med polarna.

21:07 skickat av panda87:

(Meddelande raderat)

21:07 skickat av bigbad4u:

Iron Maiden, Kiss, Metallica, typ. Något du gillar?

21:08 skickat av panda87:

(Meddelande raderat)

21:08 skickat av bigbad4u:

Synd.

Söker en snygg sak som du här då?

21:11 skickat av panda87:

(Meddelande raderat)

21:13 skickat av bigbad4u:

Najs! Letar väll efter något liknande, men är ju aldrig bang på lite skoj.

21:26 skickat av bigbad4u:

Försvann du?

21:31 skickat av bigbad4u:

?

21:42 skickat av panda87:

(Meddelande raderat)

21:44 skickat av bigbad4u:

Jaha. Jo i bland behöver man ju göra det också. Du har möjligen inte fler bilder?

21:47 skickat av panda87:

(Meddelande raderat)

21:49 skickat av bigbad4u:

Fan vad fin du är. Skulle gärna träffa dig någon gång om du vill. Hade varit mysigt att ha dig liggande bredvid mig i soffan nu och kolla på en film eller kanske gå in till sovrummet och kela lite. Har du något mer naket?

21:50 skickat av panda87:

(Meddelande raderat)

21:50 skickat av bigbad4u:

Kan du inte fixa?

21:51 skickat av panda87:

(Meddelande raderat)

21:51 skickat av bigbad4u:

Kom igen! Jag bits inte.

21:54 skickat av panda87:

(Meddelande raderat)

21:55 skickat av bigbad4u:

Klart jag inte visar för någon annan. Det här stannar mellan dig och mig.

21:59 skickat av panda87:

(Meddelande raderat)

22:00 skickat av bigbad4u:

Men vad fan, var inte så pryd. Visa nu.

22:01 skickat av panda87:

(Meddelande raderat)

22:02 skickat av panda87:

(Meddelande raderat)

22:04 skickat av bigbad4u:

Mmm, fan vad läcker du är. Dig vill man smaka på.

22:06 skickat av bigbad4u:

Skulle gärna träffa dig

22:07 skickat av bigbad4u:

Vill du komma över till mig i kväll?

22:12 skickat av bigbad4u:

Vadårå? Jag har en stor och skön säng som det finns gott om plats i. Annars kan jag komma över till dig. Det är absolut inga problem. Jag har bil. Kan även hämta dig om du vill.

22:14 skickat av bigbad4u:

Varför inte? Tycker du jag är för gammal?

Men klar du kommer känna för det om du kommer hit. Lovar att göra det värt besväret.

22:21 skickat av panda87:

(Meddelande raderat)

Men vad fan, jag vet ju att du vill. Annars hade du ju inte skickat bilderna till mig.

22:24 skickat av panda87:

(Meddelande raderat)

Sluta vara en sådan tease nu. Jag hör ju på dig att du vill ha kuk.

22:36 skickat av bigbad4u:

Hallå?

22:39 skickat av bigbad4u:

Vart tog du vägen?

22:40 skickat av bigbad4u:

...

22:46 skickat av bigbad4u:

Jag kan se att du fortfarande läser mina brev.

22:47 skickat av bigbad4u:

Kom igen, svara!

22:49 skickat av bigbad4u:

Kom över nu din lilla hora och visa vad du går för. Jag ska fan tvinga dig ner på knä i hallen och visa vem som bestämmer. Sedan ska jag knulla dig som du aldrig blivit knullad förut.

22:55 skickat av bigbad4u:

Snälla ...

22:56 skickat av panda87:

(Meddelande raderat)

22:57 skickat av bigbad4u:

Jävla vänsterfitta. Om du inte passar dig kommer jag lägga upp dina bilder på nätet.

22:55 skickat av bigbad4u:

?

23:04 skickat av bigbad4u:

Du tror att du är så smart och bättre än alla andra, men du
är fan lika dum som alla andra brudar. Du får skylla dig
själv när du lägger upp så mycket information om dig här.
Dig är det inte svårt att hitta. Eller vad säger du Amanda
Rosendahl på Thorsgatan 16 A?

23:16 skickat av bigbad4u:

Svara för i helvete!

00:13 skickat av bigbad4u:

Du borde dra ner persiennerna. Man vet aldrig vem som
tittar in.

00:19 skickat av bigbad4u:

Blir så hård av dig. Skulle verkligen vilja riva av dig det där
röda nattlinnet du har och visa dig vad en man egentligen
är.

Din hyresvärd kanske ska tänka på att investera i ett kodlås.

76

Knack, knack.

Måste jag huffa och puffa?

ETT HÅL I VÄGGEN

STANKEN AV URIN SVED I NÄSAN på Hasse när han klev in på den offentliga toaletten. Kängorna gled över det leriga golvet, sulorna lämnade randiga avtryck. Gult vatten sträckte sig upp till kanterna på urinoarerna och rann ner längs porslinet. Det måste vara stopp tänkte han och såg bort mot de nerklottrade toalettbåsen.

Vad gjorde han egentligen här? Varför åkte han inte direkt hem som han hade tänkt? Han suckade. Kanske behövde han bara pissa jävligt mycket, eller så var det bara en ursäkt för att inte åka hem. Det eviga hamsterhjulet han sprang i dag in och ut hade blivit tröttsamt. Motviljan tryckte mot bröstet när han vaknade varje morgon. Att träffa sina outbildade kollegor på stålverket som pratade fortfarande som om de vore femton fast de egentligen började närma sig pension. Uppdiktade historier om promiskuösa sexliv bollade mellan väggarna i fikarummet. Det fick hans mage att tvinnas. Han orkade inte spela med i jargongen och avslutade rasten innan han hunnit tugga ur munnen. När han stämplade ut sköljde inte en våg av lättnad över honom, det var mer som om någon tryckte ner huvudet i toaletten. Hemma satt Katarina, hans fru, i soffan och stirrade in i datorskärmen. Fingrarna brände över tangenterna. Hon tittade knappt upp när han kom hem. Sedan barnen flugit ut vittrade deras äktenskap sönder för var dag som gick. Om han sa att han älskade henne så vore det en lögn. Inte ens på sin bröllopsdag kände han det där pirret i magen som alla pratade om. Han gjorde enbart det man skulle göra på hans tid; jobba, gifta sig, skaffa barn och dö. Ingen av de drömmar han hade i bakhuvudet fanns det en tanke på att förverkliga. Det var inte vad man gjorde på då. Drömmar var till för de välbärgade, inte för en simpel knegare som han själv. Dessutom fanns det ingen i hans närhet som skulle ha förstått. De var alla del av en generation där man satte sig själv sist och inte som nu, då alla skulle förverkliga sig själva och kunde leva öppet med sina drömmar och förväntningar utan att någon ens vred på huvudet. Hade han fått leva om sitt liv hade han tagit den där förbjudna vägen han aldrig vågat ta. Flytta till Köpenhamn och blivit tillsammans med en man. Nu var han för gammal för att börja om. Vem skulle vilja ha en gammal gubbe på femtio år? De unga grabbarna han betalade för att träffa i smyg ville knappt ta i honom längre, även om han höjde priset. De var ena jävla små divor som förväntade sig guld utan att ens behöva lyfta ett finger. Allt han ville göra var att få röra dem ett litet tag, känna deras värme och smaka på deras kön. Mer än så var det inte. Oskyldigt tyckte han. Det var ju ingen som kom till skada och han kunde hålla det i mörkret från sin familj.

Han gick fram till de två båsen och kände på den vänstra dörren som var låst.

"Oj, ursäkta", sa han men fick inget svar tillbaka.

Båset bredvid var olåst. Han gick in, öppnade locket på toaletten, drog ner gylfen och pissade utan att stänga dörren. När han var klar skakade han slarvigt av den, gula droppar stänkte på sitsen. Han knäppte gylfen och var på väg att gå när ett litet hål i väggen fångade han uppmärksamhet. Han tittade över axeln för att försäkra sig om att ingen annan kommit in på den offentliga toaletten och låste båsdörren. Nyfiket tittade han in i hålet som ledde till det andra båset. Det var alldeles becksvart på andra sidan, men han tyckte sig höra någon som andades där. Var det ett sådant där gloryhole som han läst så mycket om på internet? När en anonym mun väntar på andra sidan väggen för att få behaga en man. Han hade fantiserat om det många gånger, men aldrig vetat var han kunde hitta något. Sådana saker fanns väl mest i Stockholm och dit kunde han inte åka utan att Katarina skulle bli misstänksam.

Tanken kändes kittlande. Tänk om någon faktiskt satt där bakom och väntade på honom. Han kunde inte gå miste om det här. Den här chansen dök inte upp varje dag.

Han knäppte upp sina byxor och stoppade in sin hårda kuk. Ett kallt drag över könet. Hade han bara inbillat sig att någon satt därinne, eller var det så att personen på andra sidan inte var intresserad? Hade personen fått en glimt av honom genom dörrspringan och inte funnit honom attraktiv? Kanske satt en gammal dam där just nu och tittade förskräckt på hans blodfyllda lem. Han var på väg att dra ut när han kände hur något rörde vid toppen på den. Han ryste till och visste inte om han vill fullfölja det här. Något varmt och fuktigt omslöt könet och han stönade till.

"Hårdare", viskade han.

Knapparna på byxorna slog mot väggen. Han lutade tillbaka huvudet och blundade. Detta ögonblick kändes som det bästa i hans liv, han kände sig levande och för första gången eftertraktad utan att behöva ge något i gengälde.

"Jag kommer snart", han juckade fortare.

Ansiktet knep ihop. Han tjöt till och benen tappade styrka. Han drog sig ur hålet, satte sig på toaletten och pustade ut. Pulsen bakom ögonen fick båset att vaja. Han kikade mot hålet men kunde fortfarande bara se mörker. Benen darrade när han ställde sig upp och knäppte byxorna. Han höll sig mot dörren.

"Är du här i morgon?" frågade han utan att få något svar. "Kommer förbi i morgon, hoppas du också är här."

Dimman låg tät och fukten kändes innanför Hasses militärgröna tygjacka. Han stod bakom ett träd i närheten av den offentliga toaletten i slottsparken. Naglarna skrapade mot stammen. En bit bark lossnade och fingrarna kändes kletiga. Han hade gått tidigare från jobbet och hoppades att få se den andra personen innan han satte sig bakom hålet. Han hade inte kunna tänka på något annat på hela dagen. Vem var personen på andra sidan väggen? Han föreställde sig en lång och smal ung man, med tatueringar över armarna och en piercing i näsan. En av de där pojkarna han alltid såg på stan när han var på väg till Systembolaget. Vad skulle han inte ge för att få tillbringa en natt med någon av dem. Fast att det vore någon av dem som gömde sig på andra sidan hålet kändes långsökt. Någonstans visste han att det var en gubbe i hans egen ålder med samma förhoppningar som han själv.

Han drog handen över jeansen, ludd fastnade i kådan på huden och han suckade. Det verkade inte som om någon skulle komma. Inte så mycket som en skugga hade rört sig sedan han kom. Det var dags att åka hem. Han sneglade mot toaletten och skulle precis till att gå när han kände att hjärtat blev tungt. Om han gick nu skulle han aldrig få reda på i fall personen redan väntade på honom där inne och han behövde ändå tvätta händerna.

Inne på toaletten såg han att ena båset var stängt. Han lovad sig själv att inte ha för stora förhoppningar när han smög fram och kände på handtaget. Dörren var låst.

”Är du där?” viskade han.

Droppar från handfatet ekade mellan kakelväggarna. Han bet sig i läppen och sneglade mot toaletten bredvid. Han gick in och tittade in i det mörka hålet. Skrevet på jeansen buktade ut. Han strök sig över bulan, stängde toalettdörren och knäppte upp byxorna. Han tryckte in sin kuk i hålet och en mun omfamnade den.

Hasse kände sig bekväm med sin nya rutin. Varje dag efter jobbet svängde han av på vägen hem och besökte toaletten. Tyngden från arbetet och familjen kändes lättare. Han kunde inte riktigt förklara varför. Det var som om han för första gången i sitt liv kunde lösgöra all sin ångest inne på toaletten och sedan komma hem till sin fru med ett leende på läpparna. Men längtan efter hålet grodde sig större för var dag. Nyfikenheten på vem som gömde sig där bakom var allt han kunde tänka på. Om nätterna låg han vaken och vred sig. Försökte se personen framför sig. Föreställde sig hur det skulle vara att hålla honom i sina armar och känna skäggstubben mot sitt ansikte.

Påsarna växte under ögonen. Han blev tvungen att rota igenom medicinskåpet efter några utgångna Imovane för att somna.

En dag kunde han inte hålla tyst längre. Efter en lång arbetsdag kom han in på toaletten och satte sig på locket. Lutade huvudet mot väggen.

"Hej, är du där?" frågade han.

Fingertopparna följde kanten på hålet. Inget svar kom.

"Tror du på på äkta kärlek? Du vet, blind, brinnande kärlek där ingenting kan komma emellan? Om jag ska vara ärlig har jag aldrig trott på det där, tvåsamhet var endast någon man gjorde för att det är så man ska göra. Men nu när jag träffat dig så känner jag saker jag aldrig känt förut."

Ansiktet rodnade och han skrattade.

"Det här kanske låter lite underligt, men jag har aldrig känt så här för någon tidigare. Det är som om vi känt varandra hela livet även om vi aldrig pratat."

Han smekte väggen med sin hand och tryckte huvudet hårdare mot båset.

"Du känner säkert inte likadant, men jag undrar om vi kanske skulle kunna ses någon gång? Utanför det här stället alltså. Skulle verkligen vilja lära känna dig. Tror verkligen att vi skulle tycka om varandra."

Han gick ner på knä på golvet och tittade in i det mörka hålet.

"Du behöver inte säga något, du kanske skäms. Men det ska du inte göra. Tänkte om du ville möta mig i morgon klockan fem efter jobbet? På fiket vid gallerian. Du vet, där på hörnet."

Orden möttes av tystnad. Han dunkade pannan lätt mot väggen. Reste sig upp och borstade av knäna.

"Jag hoppas vi ses i morgon", sa han och gick ut från toaletten.

Blanka ögon tittade mot hålet i väggen. Hasse bet sig i underläppen, blundade och drog tillbaka gråten i näsan. Toalettsitsen knarrade under hans rumpa.

"Du kom aldrig", rösten darrade. "Kanske inte vill träffa mig, men jag vill så gärna se dig. Du är allt jag drömmer om på dagarna. Tanken på att du skulle försvinna gör mig illamående och jag är rädd att om jag inte kommer få se dig så kommer du plötsligt en dag inte finnas där."

Han drog sin hand genom skäggstubben och ställde sig upp.

"Snälla, kan du inte bara visa dig, jag lovar att inte berätta för någon, du har inget att oroa dig över. Du skulle enbart ge mig sinnesro. Det spelar ingen roll hur du ser ut. Vår förbindelse är något mer än det kroppsliga; den är själslig."

Ett gnyende ljud hördes från andra sidan väggen. Han gick ut ur båset och fram till den andra toalettdörren.

"Bara en snabb glimt. Jag lovar att inte döma." Han drog fingret över karmen. "Snälla."

Han plockade fram sin nyckelknippa och letade fram en nyckel vars pigg passade in i skruvhålet.

"Var inte rädd, jag vill bara se dig."

Han lirkade upp låset. Det fanns ingen återvändo efter det här. Illusionen skulle spricka för alltid. Men vad gjorde det. Bakom dörren fanns allt han någonsin drömt om; en man att kunna spendera sitt liv med.

Han tog ett djupt andetag och öppnade dörren på glänt. Allt han såg var mörker. Han puttade upp den helt. Ljus kastades in i båset. Ögonen vidgades. Andningen fastnade halsen och han smällde igen dörren. Han sprang fram till handfaten och kräktes upp en brun sörja. Vad i helvete var det han hade sett? Han satte på kranen, sköljde sitt ansikte i kallt vatten och tittade sig i spegeln. Hade han blivit komplett galen? Bilden tvingade sig fram i hans minne; den slemmiga likbleka huden, den hängande svålen och tänderna. Varför hade den inget ansikte? Ett enda stort sugande hål med små tänder. Han lutade sig fram och hulkade. Slemtrådar hängde från hans läpparna. Han spottade ut i handfatet och torkade sig mot jackan. Det kunde inte vara sant, nej, det kunde det inte. Han måste ha förlorat förståndet. Ja, så måste det vara. Inte fanns det något som såg ut så där som existerade i världen. Det måste vara stressen från jobbet som slutligen angripit hans hjärna.

Han sneglade mot båset. Skulle han våga öppna dörren igen? Försäkra sig om att det som låg där bakom endast var ett monster från hans egen fantasi.

Ytterdörren gnisslade och en man klev in. Hasse vände sig mot spegeln, kammade igenom håret med fingrarna. Näsvingarna vidgades när han andades. Mannen tittade mot honom, nickade och fortsatte in till båset där han själv stått. Låset vreds om. Ett bältspänne rasslade och började slå mot väggen. Hasse kände saliven tränga in i munnen, strupen drog sig samman och han höll på att kräkas igen. Han kunde inte göra det här, han blev tvungen att gå.

FLUGFÅNGAREN

DET ÄR INTE BARA FLUGOR som lockas till det klibbiga flugpapperet. En och annan mygga på jakt efter blod kunde hittas sprattlande i klistret, eller någon enstaka spindel som råkat fastna när den spunnit sitt nät. Den söta men starka doften lockade till sig många små varelser under sommarnätterna när fönstret stod på glänt.

Varje morgon när solen trängde igenom en glugg i persiennerna, vaknade Mathilde och steg ivrigt upp ur sängen för att undersöka sin fångst. Hon ställde sig på en stol vid fönstret, tårna balanserade hennes vikt och hon drog ner pappret från taket. Stora ögon såg ner på remsan. Hon suckade. Endast fyra flugor satt fast. Försiktigt tog hon tag i de sköra flugkropparna och drog bort dem från pappret. Den första klarade sig helskinnad, den andre fick vingarna bortslitna, tredje de tunna små benen och den fjärde delades på mitten. Hon höll den första flugan mellan sina fingrar och studerade den noggrant. Insekten surrade febrilt och försökte ta sig loss. De små genomskinliga vingarna slog hårt och ett lätt vinddrag kunde kännas över huden. Hon klämde till den lilla varelsen, log, tog tag i dess ena vinge och drog bort den. Det kittlades i magen på henne. Hon visste att det hon gjorde var fel, som den där gången hon hade sparkat sin hund i magen, ändå kunde hon inte låta bli. Hennes mamma hade blivit arg och dragit in hennes veckopeng. Mathilde kunde inte förstå hur hennes mamma kunde missunna henne något som fick henne att må så bra. Pappan skulle säkerligen ha mer förståelse för henne, han visste vredens makt och känsla den gav.

Den lilla flugan kämpade för sitt liv i hennes handflata. Hon släppte ner den i sängen och lät den kräla runt. Den försökte flyga sin väg men föll över sängkanten ner till golvet. Hon bet ihop sina tänder, lyfte sin fot och krossade den under sin häl. Ett lugn spred sig genom hennes kropp.

Dörren till hennes rum öppnades. Kvickt kastade hon täcket över flugfångaren och satte sig upp i sängen. Mamman tittade in, lade huvudet på sned och log.

"Är du vaken?" frågade hon.

Mathilde nickade och sopade in flugresterna under sängen med foten.

"Har du sovit med fönstret öppet?" frågade mamman och gick fram och stängde det. "Du kan bli förkyld och du vet att jag inte har tid att vara hemma i från jobbet. Klä på dig nu så skjutsar jag dig till skolan innan du kommer försent."

När kvällen kom bäddade Mathildes mamma ner henne under det varma duntäcket och gick ut ur rummet. Mathilde smög upp ur sängen och trippade fram till fönstret. Hon öppnade det på vid gavel och kröp ner under täcket igen. Den natten sov hon oroligt. Kylan utifrån kröp in under täcket. När gryningen närmade sig gäspade hon och hasade sig upp för att stänga fönstret. Hon tittade upp mot flugpapperet. Till sin förvåning såg hon en stor vingbärare som försökte ta sig loss från klistret. Vingarna glittrade i blått och det såg ut att föreställa en slända. Hon kände hur hjärta dunkade av förhoppning. Så många gånger som hon hade sprungit runt i trädgården med sin hov i handen och försökt fånga in de vackra insekterna. Men de var alltid snabbare än hon och lämnade henne uppgiven med gråt i halsen över sitt eget misslyckande

Hon stirrade upp mot den lilla varelsen som fladdrade omkring i pappret och försökte ta sig loss. Hon tyckte sig höra den skrika men kunde inte minnas att hon någonsin hört en insekt ge i från sig ett sådant ljud. Det enda läte hon hört komma från en insekt var från syrsorna som spelade på sina stråkar om sommarkvällarna.

Nyfikenheten växte inom henne. Hon ställde sig upp på stolen och petade försiktigt med en linjal mot flugpapperet. Insekten fladdrade och gav i väg ett hjärtskärande skrik. I panik över att hennes mamma skulle höra den, slog hon hårt med linjalen för att få tyst på den, utan att träffa. Hon ställde sig på tå på stolen och drog ner pappret på lakanet. Hon kastade ett täcke över den för att kväva dess skrik och höll kvar det till den tystnade. Försiktigt lyfte hon på täcket och såg hur varelsen låg intrasslad i det klibbiga pappret. Hon försökte urskilja vad det var för något. Varelsen påminde om en trollslända fast större. Hon hade aldrig sett något liknade förut. Kroppen var likt en människas och vingarna var som en blandning mellan en slända och en fjäril. Kunde det vara en älva?

Den lilla varelsen försökte ta sig loss med sina små armar men snurrade in sig mer i pappret. Mathilde flinade och tog den upp i sin famn. Där låg den alldeles stilla. Hon drog sitt finger längs den nakna kroppen. Den hade små utbuktningar över bröstet. En flickälva. Försiktigt försökte hon få loss den, men pappret satt för hårt. Hon tog ett fast grepp om den och drog bort den som ett plåster. Älvan skrek. Kvar på pappret satt dess vingar. Mathilde stampade med foten i golvet, vingarna hade hon velat behålla för sig själv. Ivrigt försökte hon pilla bort vingarna ur klistret men de vittrade sönder. Hon klämde hårt om Älvan som stretade emot med armarna, sparkade och försökte bita henne. Mathilde flinade, tog fram dock-borsten och drog den igenom det vita håret. Öronen stod upp i älvans hår och kom i vägen för borstens piggar. Hon pressade den hårdare mot huvudet och håret fylldes med röda strimmor. Hon lade ner borsten och började dra lätt i dess armar för att känna hur hårt de satt på kroppen. Hon undrade om de var lika sköra som benen på en fluga. De satt hårdare än hon trodde. Hon drog till och den vrålade. Armen drogs av på mitten. Små bloddroppar föll ner hennes rosa lakan. En droppe för en människa måste vara flera liter för en Älva, tänkte hon.

Bit för bit drog hon bort Älvans lemmar tills den varken hade armar eller ben och låg i hennes säng tyst i en pöl av blod. Mathilde sträckte sig efter den för att göra slut på den. Älvan höjde sitt huvud och skrek ett monstruöst skrik som ekade mellan väggarna. Mathilde ryggade tillbaka och såg hur den visade sina små sylvassa tänder. Ur stumpar växte det ut spindelliknande ben. De bar upp kroppen i sängen medan den skrek oavbrutet. Hon kände plötsligt att det hon gjort var fel och blev rädd att hennes mamma skulle komma in vilken sekund som helst och skälla på henne. Älvan hoppade ner från sängen och klättrade upp på vägen och satte sig i ett hörn och tystnade. En brun sörja utsöndrades ut från Älvans mun och sköte. Den spred sig över hela kroppen tills hela kroppen var täckt. Sörjan upphörde och kvar satt den i en kokong av slem. Mathilde kröp ner under täcket tillsammans med blodfläcken. Hon låg vaken den natten. Puppan pulserade ljudligt i rummet. Hon vågade inte släppa blicken från den. Ett svagt rött ljus sken från den och något växte inuti.

Hon klev upp från sängen och knackade på sina föräldrars sovrum. Ingen svarade så hon öppnade dörren och smög ner i deras säng. Hon kröp ihop vid deras fötter och kramade sina knän. Hennes far vaknade.

"Mathilde, vad har vi sagt om det här?" Han gäspade. "Du är för gammal för att sova hos oss."

"Men det är ett monster i mitt rum", hon kände hur tårarna började komma drypande fram.

"Struntprat. Du vet mycket väl att monster endast finns i sagor."

"Men pappa, jag lovar."

"Mathilde", han höjde rösten. "Jag vill inte behöva säga till dig två gånger."

Hon krälade försiktigt ur sängen. Hon visste bättre än att ifrågasätta sin far. Hans temperament var farligare än något monster. Det kunde i alla fall hennes mors blåmärken bevisa.

När hon kom in i sitt rum kände hon en fruktansvärd odör. En stank som bara döden kunde lukta. Kokongen hade växt sig större. Den bruna sörjan hade börjat släppa och såg mer ut som blåstång som hängde ner från taket. Den pulserade hårdare och högre. Hon skyndade sig ner i sängen och drog täcket över huvudet. Det röda skenet trängde sig igenom lakanen. Hon slöt sina ögon hårt för att slippa se det men kunde höra hur den andades. Hon tittade upp bakom täcket. Den hade växt sig till storleken av en fullvuxen människa. Kokongen slutade pulsera och det blev tyst i rummet. Ett spindelliknande ben tvingade sig ut ur puppan och rev upp ett hål. Ur klättrade den fullvuxna Älvan. Vingarna var enorma och såg ut ruttna köttslamsor som hängde från den. De slog öronbedövande hårt genom rummet. Den förruttnade stanken fick henne att vilja kräkas, men hon vågade inte röra på sig. Älvan flinade åt henne och blottade sina spetsiga tänder. Mathilde försökte skrika, men kvävdes av sin rädsla.

Varsamt plockade Älvan upp henne i sin famn, strök henne över huvudet och drog sedan sina fingrar igenom hennes hår. Mathilde låg som förlamad och såg in i de blodsprängda ögonen. Älvan tog tag i hennes armar och började plocka henne del för del som kronbladen på en blomma.

SJÄLVMORDSBRON

VINDEN SLOG MOT BENJAMINS KINDER. Händerna kramade räcket och mockaskorna stack ut över kanten. Månen reflekterades i vattnet och bröts sönder av vågorna. Huden runt ögonen sved, tårarna hade torkat ut. Han ville dö. Livet spelade inte längre någon roll. Ett evigt vandrande i limbo med leriga skosnören. Varje dag samma sak; äta, jobba, sova. Det enda som bröt från vardagens mönster var de sporadiska samtal från hans mor för att muntra upp honom.

"Allt kommer bli bättre ska du se, ge det tid."

Men han hade inte mer tid ett ge. Samtalen fick honom enbart att känna sig dystrare. Det eviga lidande hade bränt ett hål på hans själ och han kunde inte känna någon slags välbefinnande. Endast en evig känsla av ingenting. Meningen var en mening utan ord; en blankrad.

Hur många tabletter skulle han behöva svälja för att slippa sig själv? Varje biverkning gav ett nytt recept och han slutade upp i samma tillstånd som han började i, fast med en torr mun. Psykiatrikern frågade om han hade suicidala tankar. Benjamin svarade alltid nej. Lögnen smakade alltid beskt i munnen. Vem svarade ärligt på en sådan fråga? Vad skulle hände om han svarade ja? Skulle de spänna ner honom och höja medicinen tills de utrotat varje känsla i kroppen. Det var för besvärligt att gå igenom. Om han bara försvann skulle han spara allas lidande och själv slippa vänta på posten med kallelserna till mottagningen.

Hemma på köksbordet låg en lapp tillägnad hans föräldrar. Kladdiga bokstäver berättade att det inte var deras fel, med en underton att de stått för allt hans lidande. För vad vore livet värt om han inte kunde vidarebefordra sin ångest? De skulle vara tacksamma att de slapp hitta honom hängande i takkroken med piss rinnande ner för benet.

Armarna spändes ut. Han drog ner snoret till munnen, spottade. Blåsten fångade loskan och kastade tillbaka den. En mörk fläck lämnades på hans sko. Hans lägenhet låg inte långt härifrån. Ändå hade det tagit en evighet att gå.

Han hade läst att vägen till sin egen död skulle kännas som en mil. De hade fel, den kändes som tio.

En bil vinade förbi en bit bort och han andades in bensindoften. Han sträckte ut händerna och tittade upp på Orions bälte. Han fann det lustigt att hela världen kändes mer tilldragande nu när han skulle lämna den, ändå visste han att den känslan inte skulle vara långvarig.

Fötterna vajade över kanten och det svindlade framför ögonen. Bröstet blev tung, hälarna lämnade marken och kroppen föll. Tiden stannade och han svävade. Alla bekymmer stannade kvar hos stjärnorna och hans blankrad fylldes med ord. Vinden tog tag i jackan och tyget fladdrade. Vattenytan närmade sig, vågorna slog. Han sparkade med benen och höll händerna för huvudet. Vattnet gapade och välkomnade honom in i sina käftar.

Havet brusade i fjärran. Andningen var stilla och mörkret omslöt. Lugna hjärtslag blev tydligare, snabbare. Ljudet av vågorna skarpare. Huvudet började bulta som den värsta sortens bakfylla och fick Benjamin att vakna. Han stönade och ville gärna sluta sina ögon igen. Var helvetet som en djävulsk dagen efter eller var det här den prisade himmelen som alla pratade så gott om.

Han försökte lyfta händerna för att massera tinningarna, men kunde inte röra dem. Kroppen var bortdomnad nedifrån nacken. Allt han kunde se var grå betong och berg. Runtomkring skvalpade vattnet. Han låg uppe på en bergsluttning och hörde hur bilar körde på bron ovanför. Hur hade han kommit hit? Havet var för strömt för att ha spolat upp honom och han hade inget minne av att ha kravlat upp själv. Någon måste ha dragit upp honom.

"Hallå!" ropade han utan att få något svar.

Han blundade och hoppades på att det enbart var en dröm. Det skulle inte vara första gången han steg i ett mardrömsland för att sedan vakna upp kallsvettig, men det här kändes annorlunda, kyligare, hårdare. Grus skar in i bakhuvudet, han sopade bort det med håret och dunkade huvudet mot berget. Munnen började smaka metall. Han drämde igen och hoppades att det skulle bli hans sista. Han stannade upp. Hjärtat bultade. Fotsteg smög i mörkret och trippade runt honom. Han sträckte upp nacken.

"Vem där?"

Nakna fötter hördes klappade mot ett berg. En rutten stank som påminde om sjögräs tvingade sig på honom. Han såg ner mot sina bleka händer. Försökte röra på dem men det var som om de tillhörde någon annan. Kroppen hade blivit ett köttsligt fängelse. Ett öde värre än döden.

"Hjälp mig, jag är skadad", rösten skar sig.

En skugga susade förbi i ögonvrå. Stanken blev påtagligare.

Någons fingrar grävde ner i hans hår och strök det åt sidan. Paniken spred sig genom honom likt en eld. Han försökte vrida huvudet men kunde inte se någon.

"Ångrade du dig?" viskade en röst. "Det gör de alltid."

Vatten droppade mot Benjamins panna. Han titta upp och såg in i mossgröna ögon som stirrade på honom. Den hade ingen näsa, endast två hål in i skallen. Kinder var insjunkna och huden grå. På dess skalp fanns den knappt något hår, endast några långa vita strån som hängde ner. Benjamin skrek. Varelsen lade sina smala fingrar över hans mun. Naglarna rispade mot kinden.

"Hysch, ditt skrik går ohört här."

"Hjälp, jag kan inte röra mig."

"Och vems fel är det då?" den flinade.

"Det här var inte vad jag ville."

Varelsen rätade på sig och försvann ur synvinkeln. Fotstegen klappade runt Benjamin. Han kunde känna hur den höll sig tätt intill honom. Den uppenbara sig en bit bort. Skinnet spändes över revbenen när den andades. Stora bruna tänder gned mot varandra och gnisslade.

"Aldrig nöjd, endast gnäll. Jorden snurrar inte åt ditt håll, så istället vill du att den ska stanna."

"Antar det", han suckade.

Den hukade sig ner, krälade över marken och satte sig på Benjamins bröst. Benjamin vred bort huvudet och kände den varma andedräkten mot huden. En lång tungs sträcktes ut och slickade honom i ansiktet.

"Du smakar av missmod och förruttnelse, det förstör min aptit. Borde skatta dig lycklig att havet inte tog dig."

"Då skulle jag i alla fall ha varit död."

Varelsen skrattade.

"De gamla vilar i det mörka djupet, döden bekommer inte dem. Käftarna skulle slita sönder din kropp och svälja själen rå. Där skulle den fräta i saltsyra tills evigheten nått sitt slut. Skulle säga att jag är din vinst på din nit. Själen kan du få behålla själv. Smakar beskt i munnen. Vill endast ha ditt kött."

"Vad gör du här?"

"Jag lever här, gillar det fuktigt och mörkt. Det är här jag väntar."

"På vad?"

”Fallet … äter när ni störtat. Ert misslyckande är min näring. Men jag gillar inte när de är kalla, vill känna pulsen slå som din.”

”Ät mig då! Jag vill bara att det ska ta slut.”

”Så ivrig för det oundvikliga”, den slickade sig om läpparna. ”Bräcklig som en fjäril, går sönder vid beröring, ynkligt. Du behöver inte oroa dig, döden kommer komma till dig, han knackar på din dörr”, han slog med knogarna mot Benjamins bröst. ”Kan du höra mig knacka?”

Benjamin såg oroligt på honom.

"Den enes död den andres bröd brukar de väll säga?" sa den och pressade ansiktet mot Benjamins kläder och drog in hans doft. ”Brukade vara som dig, en man full av livlöshet.”

”Hur kom du hit?”

Tunga moln drog in över den mörka himmelen. Dis steg från vattenytan och dolde bron. Varelsen satt tyst ett tag och stirrade ut i dimman.

"Jag föll.”

"Hur överlevde du?"

Den spände blicken i honom och reste sig. ”Antar att jag hade tur.” Fötterna vankade runt med den drog handen över huvudet. "Vad skulle du säga om jag erbjöd dig

en ny chans att få börja om, kunna gå igen och att få fort-
sätta leva?"

"Kommer du inte äta upp mig?"

"Vill du leva eller dö?" den log.

Läpparna darrade på Benjamin och han började gråta. Minnet av hans mors röst i telefonen spelade upp i huvudet. Han önskade att hon var här just nu och lade sina armar om honom och sa att allt skulle bli bra. Brevet på köksbordet fick magen att krampa. Han ville inte att hon skulle läsa det.

"Jag vill leva", sa Benjamin.

En sträv tunga drog över kinden och slickade bort tårarna.

"Du smakar gott."

"Du lovade!"

"Mina löften är av sten", sa den och flinade.

Benjamin slöt sina ögon och föreställde sig hur varelsen åt upp honom bit för bit. En varm känsla omslöt kroppen. Mörkret bakom ögonen blev rött och han knep ihop dem hårdare. Nålar stack i benen och huden blev våt. Huvudvärken lättade och en tystnad lade sig över honom. Bilden av hans mor blev suddig och han kunde inte komma på hennes namn. Det tidigare livet tynade och hjärtat släppte tyngden.

En enorm hunger rev till i hans mage. Ett torrt knorr ekade i öronen. Han kunde inte längre hålla sig och öppnade ögonen. Allt han kunde se var undersidan av bron. Händerna sträckte ut sig och han satte sig raskt upp. Han såg ner på sina viftande tår, log ett ögonblick innan mungiporna gled ner. Fötterna var uppsvällda och han kände inte igen dem. De var dubbelt så stora än tidigare och hans händer likaså. Han ställde sig upp och hörde hur de klappade gentemot berget. Han rös till och gick fram till det stilla vattnet. Reflektionen på ytan gestaltade någon han inte kände igen. Ögonen som stirrade tillbaka var inte hans egna.

EN KÄRLEKSFÖRKLARING TILL DE DÖDA

HANS BLANKA ÖGON tittade mot Bea. Ändå tycktes han inte se henne. Vad som dolde sig i hans ögon kunde hon endast gissa sig till. Kanske kunde han se livets stora gåta framför sig. Eller så var allting svart.

En kylig vind slog upp fönstret och drog igenom sovrummet. Bea drog täcket över sin kropp och slingrade sina ben mellan hans. Hans kalla fötter fick henne att huttra men hon kunde ändå inte hjälpa att sluta le.

"Jag älskar dig", viskade hon i hans öra.

Bea torkade av hans ansikte med lakanet. Den bleka huden sken som en sol bakom smutsen. Hon kysste hans torra fnasiga läppar. De smakade av jord och salt. Bea lätt sitt huvud sjunka tätt intill hans kropp. Hans lukt fick det att sticka i näsan så hon försökte att andas med munnen.

Känslorna hon hyste för honom var riktiga. Något hon aldrig känt förut. Ändå var de så långt ifrån varandra. Bea slöts sina ögon och kunde höra hur han viskade längtande efter henne. Hans namn som stått inristat i sten var nu karvat in i hennes hjärta.

När de rullade ut hans kropp från lägenheten vaknade hennes längtan och lust tillbaks från de döda. Han blåa läppar ropade efter henne. Hon visste då att hennes dåd inte varit förgäves. Hans död var inte en förslust, det var en återfödelse. Varje gång han höjt sin hand mot henne var nu bortspolad i glömska. Han kunde inte längre göra henne illa, enbart älska henne.

Hon avundades honom. Även hon ville kunna se vad som sträckte sig bortom livet. Bea tog hans hand och drog den längs sin mage. Hennes hud knottrade sig och Bea njöt. Hon kunde känna hur vällusten inom henne vakna till liv som aldrig förr.

Ingen människa skulle någonsin förstå hennes kärlek till honom. Eller varför hon grävt upp hans kropp ur den kalla jorden. De skulle säga att kärlek inte kunde sträcka sig efter döden. Att det hon kände var en perversion. Men ingen av dem hade upplevt de känslor som hon gjort och skulle alltid vandra i ovisshet av vad riktig kärlek var.

Bea drog sin hand genom hans sträva hår. Stråna kittlade skönt mellan hennes fingrar.

"Väntar du på mig på andra sidan?"

Hon lade sig tillrätta bredvid honom och såg in i hans frånvarande ögon och väntade. Snart skulle mörkret falla över henne.

VINGKLIPPT

VATTNET RANN NER LÄNGS HANS KROPP. Daniel spolade av sig tvållöddret och satte upp duschmunstycket på väggen. Det strömmande vattnet stängde ute alla ljud och hans sinne blev blankt. Han slöt sina ögon och lät strålen massera hans skalp noggrant. Musklerna slappnade av och harmoni spred sig genom hans kropp. Han kunde andas igen. Ångan fyllde badrummet. Det var som om han stod naken på en äng en tidig höstmorgon. Bilden fick honom att tänka på den plats han en gång för länge sedan kallat hem. Ett gammalt sår slets upp inom honom och han stängde tvärt av kranen. Han drog undan draperiet och klev ut ur badkaret. Knottror bildades på huden när han satte sina fötter på det kalla klinkergolvet. Han torkade bort imman från spegeln och såg sitt orakade ansikte stirra tillbaka. De sömnlösa nätterna hade satt spår under hans ögon i form av påsar. Han smorde in käken med en citrusdoftande olja och tryckte ut rakskum i ena handen. Han masserade ut löddret över kinderna och tog fram en gammal engångshyvel. Mellan de dubbla bladen satt en beläggning av gamla hudrester och hår. Han rynkade på näsan, kastade den i papperskorgen och plockade fram en ny. Varsamt drog han de rena bladen över ansiktet tills huden blev lika len som en nyfödd. Han torkade bort resterna av skum med handen och tittade sig i spegel. Det var som om en annan, prydligare man tittade tillbaka ut ur spegeln. Daniel sträckte sin hand bakåt över ryggen och undersökte skulderbladen. Han kände på stumparna av brosk som vuxit ut ur hans skuldror. De kändes som kycklingvingar. De satt där som en påminnelse om vem han egentligen var. Han hukade sig bestämt ner och drog fram en bultsax som han alltid förvarade under badkaret. Sedan sträkte han sig upp och förde darrhänt saxens käftar mot den ena utbuktning på ryggen. Han tog ett djupt andetag och klippte. Ett skri tvingade sig upp ur hans lungor. Han tappade bultsaxen och föll ner på knä. Smärtan pulserade genom hans kropp. Hjärtslagen ekade i hans öronen och han kunde känna hur blodet forsade ner över ryggen. Efter en stund började han andas lugnare. Han plockade upp den oönskade biten av sig själv. En liten blodstänkt fjäder satt på dess topp. Försiktigt ryckte han loss den, tittade på den och med ett lätt andetag blåste han bort den från fingrarna. Fjädern dansade igenom luften och landade i badkaret och gav i från sig ett röd strimma på den vita emaljen. Därefter reste han sig upp. Kroppen darrade när han pressade sig upp på knogarna. Han plockade upp bultsaxen igen och satte den mot den andra utväxten. Bet ihop tänderna. Han fick inte skrika igen. Om han blev upptäckt skulle han bli tvingad att återvända till det tyranniska paradis han en gång flytt. En plats där fri vilja inte existerade, en plats där han var slav under Någon Annans bud. Han drog ett djupt andetag och klippte igen.

Doften av morgonkaffe fyllde lägenheten. Daniel satt sig vid köksbordet med en kopp i handen och tittade ut genom köksfönstret. Under den grå T-shirten var ryggen varsam omlagd med kompresser. Han tog en klunk av kaffet och studerade de snöklädda husen. Om en stund skulle han gå ut i världen. Fri ännu en dag.

ÄNGLABREV

HERRE MIN GUD.

Du har lämnat oss. Din eviga skärseld brinner nu i paradiset. Stjärnor störtar mot jorden och förgör dina torn. Den vita marmorn är nu täckt i sot och det som en gång varit din himmel ligger nu i ruiner.

Marken under mina fötter skälver och stupet ner till avgrunden har växt sig större. Jag är rädd att inte ens du kan rädda detta fördömda rike. Jag tröstar mig själv med minnen av dig. Kan fortfarande känna smaken av sötman från dina läppar av kyssen du gav mig under trädet. Minns du den? Du sa att du alltid skulle vårda minnet av oss och jag skulle alltid stå dig närmast. Var allt en lögn?

Ibland föreställer jag mig hur du en dag ska komma gående genom askan. Plocka upp mig i dina armar och bära mig till ditt nya land, där jag och mina bröder kan sväva runt bland molnen. Men för var dag som går tappar jag hoppet om att du ska komma. Min smärta är olidlig. Mina fjädrar har bränts sönder av elden, lämnat mig stympad och kan inte ta mig härifrån. Enda vägen är ner. Ner i den mörka avgrunden. Platsen du jämt varnat oss för. Du sa att endast de hopplösa bodde där.

Varför har du övergivit oss? Nu är jag helt ensam utan någon axel att vila mitt huvud på. De andra har fallit, eller dränkt sig i din flod som nu fräter av syra. Det enda sällskap jag har är rösterna från mörkret. De viskar illvilliga saker till mig, säger åt mig att hoppa. De berättar om någon som jag aldrig mött. En mörk gestalt, en broder som vandrade mellan alla dina världar, ovillig att lyda dina bud. Vem var han? Hur kom det sig att jag aldrig mötte honom? Jag kände alla mina bröder och deras namn. Varför inte dennes? Var han din hemlighet? Din heder? Din skam? Var han den första som föll? Väntar han där nere i djupet på mig?

Är jag verkligen den sista av mitt slag? Är alla andra utrotade? Kommer det någonsin finnas en ny värld som du kallar för din egen? Är jag välkommen där eller har du lämnat mig för att dö?

När jag ser ner i avgrundens mörka håla kan jag inget annat än känna en enorm lust att falla. Luften känns frisk och lockande. Det finns inget kvar för mig här längre. Rösterna talar nu högre till mig och jag kan känna hur de kallar på mig. Något med dem känns bekant. Den där rösten. Vem är det? Vad väntar mig där nere? Kommer jag straffas för min längtan efter dig?

Minns du den dagen du skapade världen åt oss? Vi var alla så lyckliga. De gröna slätterna, det blå vattnet och de vita molnen. Vilken underbar dag det var. Det var som om alla våra önskningar uppfylldes på samma gång. Men jag kan inte hjälpa att minnas tomheten bakom dina ögon. Hur de vandrade utanför världens kanter. Fanns där något du hade glömt? Någon du saknade? Var inte jag tillräcklig för dig?

När jag vaknade den där morgonen var du försvunnen. Du sa inte ens farväl. Du lämnade dina barn i förvirring och kaos. Utan dina bud fanns det inte längre någon mening, någon ro. Kaos bröt ut. Ingen visste vart de skulle ta vägen. Fjädrar började regna från skyn. Mina bröder började tvivla på sina ord och kastade sig ner i avgrunden. Men jag håller mig kvar vid hoppet om att du en dag ska komma tillbaka.

Mitt hopp börjar nu sina. Din försummelse har dödat min längtan och fyllt det med förtvivlan. Jag vet nu att du aldrig kommer tillbaka Varför skulle du vilja det? Allt är redan förstört. Medan jag skriver dessa ord börjar jag inse saker som tidigare legat dolda för mig. Rösterna talar nu klart och tydligt till mig. Den första som föll var ingen av mina bröder. Det var du.

Väntar du där nere i mörkret på mig? Är det du som ropar från avgrundens djup? Finns mina bröder där nere med dig? Kommer vi slutligen bli en familj?

Jag kan inte vänta på dig längre, min kropp kommer att falla. Tar du emot mig?

/Ariel

STADSRÅER

DE BÅDA KYSSTES när de stapplade igenom hans dörr. Mannen grävde ner sina fingrar i Idas valnötsbruna hår och masserade hennes nacken. Hon slet sina läppar från hans för att få luft och såg sig om i lägenheten. Det var en stökig enrummare, endast plats för en säng och en byrå med en tv på. En trave med disk stod uppradad på spisen i kokvrån och gav ifrån sig en frän och sötaktig stank.

Mannen sparkade undan ett par underkläder under sängen och lösgjorde sin slips. Han var mörk, stilig och påminde om en hederlig kavaljer från ett annat årtionde med sin sidbena och välputsade skor. Han kontrasterade mot lägenheten som påminde mer om ett tonårsrum. En persons hem reflekterar en del av insidan, den fasad människor bygger upp för att visa omvärlden stämmer sällan överens med det inre kaos som råder. Han var nog i behov av någon som kunde städa upp, kanske kunde hon vara den någon?

Hon hade mött honom på en bar på Söder. Hans välkammade utseende fick honom att sticka ut från mängden och gjorde henne genast att känna sig intresserad. Kanske hade han kommit för den billiga ölen eller för att ta en paus från det strikta kontorslivet som hon själv gjorde. Efter att ha utbytt blickar med varandra en stund tog hon sig mod och gick fram och erbjöd honom en öl. Mannen avböjde hennes erbjudande men insisterade på att det var han som skulle bjuda henne som den gentleman han var.

Han tog ett fast grepp om hennes midja, förde henne mot den obäddade sängen medan han kysste henne hårt. De föll ner på de slitna lakanen som kändes feta och klibbiga mot huden.

"Dina läppar smakar som svartvinbär", sa han och böjde sig över henne. Hon särade försiktigt på sina ben och välkomnade honom in i sin famn.

Kunde det vara möjligt att detta faktiskt var äkta? Att hon inte behövde hans själ för att stilla sitt behov, utan enbart hans kärlek? Om han verkligen tyckte om henne så skulle han acceptera henne för den hon var, inklusive gropen i hennes rygg.

Mannen lyfte upp hennes tröja och kysste magen. Hon kände hur gropen växte sig större, men det gjorde inte ont. Hans varma smekningar tog bort smärtan. Tyngden av en man fick henne att känna sig säker, en sköld mot den hänsynslösa världen som väntade utanför.

Hon sträckte sig upp och kysste honom.

"Jag tycker om dig", hon såg djupt in i hans gröna ögon. "Önskar att det här ögonblicket kunde vara för evigt."

Mannen undvek hennes blick, tog tag i hennes tröja och drog den över brösten.

"Vänta", sa hon, drog ner tröjan och satte sig upp i sängen med armarna hårt knuta runt sina ben. "Det är något jag måste berätta för dig."

Han satte sig på sidan av sängen och hon tog hans hand. En ring skavdes mellan deras fingrar. Hon gned sina läppar hårt mot varandra. Männen i hennes skogar var tydligen inte helt olika de i staden. Den enda skillnaden var att där lockade hon dem.

"Vad är det här?" hon drog sitt finger över konturerna på ringen.

"Jag trodde du förstod", sa han och drog sig bort.

"Lögnare! Du lurade hit mig med din ljuva nektar. Ni män är alla lika", hon ställde sig upp och såg ut genom fönstret. Staden utanför lystes upp av smaklösa dekorationer som hon kände hånade henne i sin misär. En ensam tår föll ner över hennes kind. Hon torkade bort den med armen och smetade ut mascaran. "Du har säkert barn där hemma som väntar ... "

"Det här är endast min övernattningslägenhet när jag jobbar och ibland blir det väldigt ensamt", hans nedstämda min reflekterades i fönsterglaset.

"Vad tror du din fru säger om det här?"

"Snälla, jag ber dig, säg ingenting."

"Oroa dig inte, jag kommer inte yttre ett ord om det här och inte du heller", hon tog av sig tröjan.

Mannen satt stum i sängen med ögon som knivar i hennes rygg.

"Vad är du?" frågade han.

Hon drog lätt på munnen, vände sig om och visade sina bröst. Hon tog tag i hans händer och tvingade honom att röra vid dem.

"Jag är din värsta mardröm." Hon närmade sig hans ansikte, strök hans hår bakom örat och viskade, "Vill du fortfarande smaka på mig?"

Mannen drog sig undan. Ögonen var vida och hans läppar darrade, men hans bula innanför jeansen syntes fortfarande tydligt.

"Jag kanske smakar som svartvinbär, men du smakar som blod."

*

Huvudvärken bultade som djävulshovar i marken. Gårdagens fylla kunde kännas i Enars mun. Varför var han tvungen att tömma hela flaskan med Jack Daniels innan han somnade? Han skulle ha slutat efter tredje glaset, då hade han i alla fall haft anständigheten att komma i tid till jobbet.

Han gnuggade sig i ögonen och såg ut mot odågorna som lekte i bassängen. Han var förvånad över att inte hela polen färgats gul av allt urin. Lattemorsorna kunde ju lära sina barn ett och annat, men med tanken på deras självbelåtna leenden kunde han enkelt tala om att de gjorde detsamma som sina barn. Varenda pool i badhuset innehöll säkert mera piss än vatten, men vem var han att döma? Han skulle säkerligen göra samma sak själv om det inte vore för att det var hans jobb att städa upp efter äcklena.

Han suckade och svalde ner en värktablett utan något vatten. Tabletten fastnade i halsen och den beska smaken sipprade upp i munnen. Han harklade sig och lutade sig framåt. Den kraftiga stanken av klor slog honom över ansiktet, kräkreflexerna satte i gång och fick hans mun att börja vattnas. Han tog ett djupt andetag och svalde saliven. Kloret angrep mer än bara hans näsa, sakta tuggade den sig igenom hans inre. Om någon skulle göra en obduktion på honom kunde han svära på att det frätt sönder hans hjärna.

Klockan på hans arm tickade sakta förbi. Han sneglade mot glinen, men de tycktes kunna klara sig själva. Oförmärkt gick han in i omklädningsrummet, tog av sig sin blå pikétröja och de svarta kortbyxorna och klev in i duschen. Det kalla vattnet kändes skönt mot huden, han slöt sina ögon och tänkte tillbaka på de värmländska bäckarna han brukade simma i.

Han ryckte till när någon rörde vid hans axel. En storbyggd man med en enorm tatuering föreställande en orm som slingrade sig från bringan till ryggen stod bakom honom.

"Ursäkta, vet du vart bastun ligger?" frågade mannen och lutade sig in i duschen.

Enar nickade med huvudet åt vänster, "följ väggen bort och ta nästa vänster så hittar du."

Mannen tackade och gick bredbent iväg. Enar följde honom med blicken medan han slickade sig om läpparna. Han virade en handduk om sig och följde efter mannen in i bastun. Luften var fuktig och svetten började genast drypa om honom. En äldre man med kulmage satt högst upp i bastun med hud lika torr som papper. Enar kände inget behov att visa upp sin manlighet och valde att sätta sig längst ner framför den tatuerade mannen.

De båda studerade varandra diskret. Enar lättade på sin handduk och visade en glimt av sitt kön. Den tatuerade mannen såg oroat på den äldre mannen som reste sig upp och gick ur från bastun. Enar reste sig upp, släppte handduken och satte sig bredvid mannen och började stryka honom över benet.

"Jag brukar inte … " sa mannen

"Det gör ni aldrig", han skrattade.

Mannen lättade på sin handduk. Enar sträckte sig över mannen och kysste hans tatuering och lät sina läppar omsluta hans kön.

*

En tonårsflicka klev fram till luckan och sträckte fram en kupong mot Maja. Flickan smaskade på sitt tuggummi och stank billig parfym. Hon kunde genast se att flickan inte var härifrån, något med översminkade ansiktet och det för korta linnet tydde på att hon kom från landsorten.

"Godmorgon", sa Maja friskt och stämplade hennes kupong.

Flickan himlade med ögonen och klev igenom spärren. Maja suckade. Varför försökte hon ens? Dagligen passerade tusentals människor hennes spärrar utan att ens snegla mot henne. Några få personer kom förbi med deras remsa och lät henne stämpla den utan så mycket som ett hej. Hon försökte att inte göra så mycket väsen ifrån sig, inte ens när de kom med en utgången kupong. Ändå skattade hon sig lycklig. Hon hade ett jobb som fick henne att känna sig betydelsefull trots att hon var ett spöke för resenärerna.

122

Hon lät blicken sjunka ner i dagstidningen och försökte lösa dagens korsord när någon stack in sin kupong genom luckan.

"Godmorgon", sa en vänlig röst.

Hon såg upp från bordet och sken upp. Det var Frida, en gammal dam som inte bytt ut sin remsa mot de elektroniska korten. Hennes petroliumblå ögonskugga gnistrade i lysrörsbelysningen. Deras vägar korsades varje dag i spärren när hon var på väg ner till stadsbiblioteket för att läsa Dagens Nyheter och dricka kaffe med de andra seniorerna. Frida var hennes ljuspunkt på hela dagen. Det kändes som om hon visste vem hon egentligen var, utan att så mycket som att höja på ett ögonbryn. Ändå talade de aldrig om det, det var en hemlighet som endast deras blickar utbyte med varandra.

Frida masserade sin högra arm medan hon såg runt bland folket.

"Ständigt denna stress, ibland skulle de alla må lite bättre i fall de tog ett djupt andetag. Någonsin varit i Berlin?"

Maja skakade på huvudet, besvärad av frågan. Hon hade aldrig lämnat de norrländska skogarna innan hon kom till Stockholm, ännu mindre varit utanför lands-

gränsen. Djupt inom henne fanns det en dröm att få fär-
das land och rike runt, men åldern hade fångat henne i ett
grepp och en lång resa skulle med all säkerhet ta livet av
henne.

"Tempot är helt annorlunda där. Folk stannar faktiskt
till och ser vad som finns runt omkring dem."

"Låter lite som en dröm", Maja log.

"Jävla kärring, skynda på!" skrek en skäggig man i kön
bakom Frida.

"Sådant språk!" Frida sträckte fram sin remsa.

Maja gav tillbaka den utan att stämplade och blinkade
åt Frida.

"Tack hjärtat, vi syns i morgon", hon log och klev
igenom spärren.

Den skäggige mannen trängde sig före i kön, ett
ankare fanns tatuerat på hans underarm. Irriterat stirrade
han mot henne med rödsprängda ögon. En unken doft av
gårdagens fylla kunde kännas genom luckan. Hon drog sig
för att andas med näsan.

"Det var på tiden!" sa han och slängde upp en brun-
fläckig kupong.

"Ursäkta men du får vänta på din tur."

"Det skiter jag fullständigt i, öppna grinden nu!"

Maja såg ut på Frida som inte kommit längre än till trappan. Hon masserade sin arm hårt och hennes ben vinglade.

"Ursäkta?" muttrade mannen och vifta med sin kupong.

Fridas ben vek sig och hon föll baklänges mot betonggolvet. Maja ställde sig upp i panik. Hon kunde se hur blodet forsade ut från hennes huvud men ingen stannade för att hjälpa henne. Endast nyfikna ögon bevakade henne på avstånd.

"Hallå!" skrek mannen.

"Håll käften!" hon sprang ut till Frida.

Det var blod överallt. Hon hukade sig ner över Frida och lyfte upp hennes huvud. Hon reagerade inte. Maja lade sina fingrar mot hennes hals men kunde inte känna någon puls. Hon såg sig oroligt omkring på människorna som gick orört förbi.

"Kan någon ring en ambulans?" skrek hon.

Människor ställde sig runt dem och såg på dem som om de spelade upp en teaterscen. Samlingen blev större och paniken växte inom henne.

"Kan någon göra något!"

Obekväma med hennes uttalande lämnade några människor platsen, andra stod kvar och stirrade på varandra som förvirrade höns. Panikslaget försökte Maja minnas hur de brukade utföra hjärt- och lungräddning på första hjälpen kursen hon gick när hon började på jobbet. Hon lade sina händer på Fridas bröst och tryckte till, men lyfte förskräckt på dem när revbenen knakade

Hennes grå grumliga ögon stirrade upp i taket. Maja lutade sitt öra mot hennes ljudlösa bröst.

*

Hans ögon ville inte besvara hennes blick. Ida lutade sig fram i skrivbordsstolen och försökte fånga Gregers uppmärksamhet bakom kontorsglaset. Hans axlar var nersjunkna och stora påsar hade bildats under hans ögon. Han torkade sitt huvud med en bit papper och försökte gömma sig bakom datorn. Hon saknade hans beröring, hur han brukade dra sina händer genom hennes hår, kyssa hennes nacken och varsamt tränga in i henne. De brukade träffas varje fredagskväll hemma hos henne och låta deras kroppar bli ett innan han var tvungen att gå hem. Men förra fredagen kom han aldrig, även om hon specifikt kunde minnas att han givit henne sitt ord. Hade han träffat någon ny? Han var känd för sin starka libido. Mer eller mindre varenda kvinna på jobbet hade någon gång haft en affär med honom, även en och annan man hade han kommit i mellan lakanen. Men till henne hade han sagt att det fanns något mer mellan dem än enbart sex.

Hon reste sig upp och gick fram till kontorsoasen där de skvallertörstiga hyenorna till arbetskamrater väntade. Så länge hon stod där själv, skulle ingen säga något ont om henne, tills hon vände ryggen till. Hon var ett lätt byte för de andra att sätta tänderna i. De påminde om kvinnorna som hon en gång delat skogen med. De varnade alltid sina män om att vara vaksamma mot henne. Hade hon fått kommit till talan hade hon berättat för männen att deras fruar var minst lika giftiga som henne. Hon såg i alla fall till att männens lidande fick ett slut istället för att låta det spilla över en livstid.

En kvinna med långt blont hår gick förbi henne. De log artigt mot varandra och kvinnan fortsatte in till Gregers kontor. Ida följde henne med blicken och såg hur de båda kysste varandra på munnen och sjönk ned i hans svarta skinnsoffa. Vem var hon egentligen? Kunde det vara frun som han avisat henne för?

Ida hällde upp en kopp kaffe, smuttade på det och grimaserade. Någon måste ha glömt att sätta på nytt kaffe som vanligt. De förväntade sig alltid att någon annan skulle göra nytt och det slutade alltid med att hon fick ta tag i det. Men den här gången fick någon annan göra det, hon var inte hela kontorets assistent.

Pernilla, en kollega på ekonomiavdelningen kom fram och ställde sig bredvid henne. Hon snurrade med fingret i sitt sönder blekta hår och följde Idas blick in till kontoret.

"Jag har hört att de ska ha barn", sa Pernilla.

"Du ljuger!"

"Nej, jag lovar. Fick höra det från hennes bror. Han jobbar som kontrollant här." Hon nickade med huvudet mot toaletten där en man precis gått in.

Idas rygg stelnade till. Hon bet sig i läppen för att inte visa sin reaktion. Ljög hon? Det var inte ovanligt i de här kretsarna. De flesta visste allt om alla här och gjorde allt för att dramatiken skulle öka.

"Han är ganska stilig måste jag säga", sa Pernilla.

Ida ville vrida ut tungan på den lilla maran för att sedan mata Greger med den, men log i stället.

"Det är han verkligen", sa hon och lade håret bakom örat.

"Kanske en lite kontorsromans är på gång?" Pernilla skrattade och gick bort till sitt kontor.

Ida fnös åt henne och sneglade mot Greger igen. Ville han inte titta på hennes så skulle hon minsann tvinga honom till det. Hon sträckte på sig, gick bestämt mot herrtoaletten, såg sig över axeln och slank in.

Mannen vid handfatet tittade upp och in i spegeln, vatten droppade från hakan. Ena ögonbrynet höjdes när han såg henne. Han torkade ansiktet med en bit papper, knölade ihop det och kastade det mot papperskorgen och missade. På armen hängde en Rolex som förmodligen var det dyraste i hans ägodel. Ett försök till att uppehålla en dyr fasad, men den billiga Hennes & Mauritzs skjortan avslöjade hans bluff.

De sylvassa stilettklackarna ekade i klinkergolvet. Hon drog sina händer över den svarta Filippa K klänningen och hoppade upp och satte sig på ekskivan till handfatet. Klänningen blottade snabbt det bara underlivet innan hon korsade benen. Mannens nyfikna blick letade sig upp längst hennes ben. Hon sträckte sig mot mannen, plockade bort en bit papper från hans kind och log. Han drog sig kvickt undan och rynkade på pannan.

"Har du jobbat här länge?" frågade hon och drog fingrarna genom sitt hår. "Kan inte komma ihåg att jag sett dig här tidigare."

Mannen hade svårt att släppa blicken från hennes ben när han skakade av vattnet från sina händer och harklade sig.

"Några år, fast är inte inne på kontoret så ofta, jobbar mest hemifrån."

"Låter skönt att slippa den här bunkern", sa hon och flyttade sin benen närmare honom.

"Jo det är rätt najs, fick jobbet av min syrra. Hon är gift med chefen här."

Ida svalde ner saliven i sin mun och drog sin fot längs hans lår.

"Skulle du vilja ses efter jobbet?"

"I kväll?" hans ögon blev stora.

"Om inte det är något problem?" hon hoppade ner från bänken.

"Gärna", svarade han, slickade sig om läpparna och strök sig över hakan.

"Hemma hos dig vid åtta?"

Månen sken in genom fönsterna till simhallen och lyste upp Enars nakna kropp. Han doppade sina fötter i det stilla vattnet och ringar guppade fram över ytan. Här kände han sig som mest hemma i storstadsmyllret. Det klorfyllda vattnet var inget jämfört med att vara ute i det fria, men allmänheten uppskattade inte hans nakenhet. Små bäckar rann inte här som i Värmland. Frescati eller Kärsön var de enda ställena som han passade in på, men där kände han sig belägrad av människor. Att smyga upp i buskarna med en annan man var sällan ensamt, nyfikna ögon var ständigt närvarande. Efter att nästan ha blivit påkommen med sina händer runt en mans hals slutade han att gå dit.

Han tog en klunk från sin Jack Daniels och lutade sig tillbaka. Våta fötter hördes plaskade mot kaklet. Borta vid dörren till omklädningsrummet stod en man och stirrade häpet mot honom. Enar höjde flaskan och log.

"Vill du ha ett järn?"

Mannen vacklade med blicken.

"Jag lovar att det är gratis!"

Mannen dök ner i bassängen, kroppen blev som en skugga på botten. Han dök upp mellan Enars ben, gned sitt huvud längs hans fot och tittade upp på honom med sitt mörka hår hängandes i ansiktet. Hans muskulösa kropp framhävdes av en gyllenbrun solbränna. Männen i Stockholm var så olik dem från skogarna. Här hade alla välansade kroppar, nersprejade med dyra parfymer. och även om Enar fann det tilltalande så förlorade det fort sin charm när alla luktade likadant. Ibland saknade han doften av svett och då inte den typen av odör man kunde känna när man blev inklämd bland medresenärer på tunnelbana vagn.

"Vad heter du?" frågade mannen.

Enar torkade bort det mörka håret från hans ansikte och kysste honom.

"Mitt namn är oväsentligt."

Mannen drog sin hand längs Enars lår. Han lät mannen behaga honom med sin mun. Enar tjöt till och pressade ner hans huvud under vattnet med sin fot. Mannen började streta emot. Enar tog ett grepp om mannens hals med båda fötterna. Mannens försökte sära på Enars ben, men saknade kraft. Bubblorna under vattnet dog och

kroppen ryckte till. Han flyttade sin fot och lät kroppen
flyta fritt.

*

Silverringar på fingrarna svalkade skönt mot Majas röd-
gråtna kinder. Hon kunde fortfarande se i sitt inre hur
ambulansförarna bar ut Fridas kropp på en bår från tun-
nelbanestationen. Huvudet låg snett och ögonskuggan var
utsmetad. Det enda ljuset i hennes liv var nu släckt och
alla de saker hon velat säga skulle alltid förbli osagda.

Natthimmelen utanför tunnelbanestationen var klar
med mörka moln krypandes i horisonten, ändå kunde hon
inte se några stjärnor för gatubelysningen. Hon lutade
huvudet mot tegelväggen. Saknaden till skogens ödemark
översköljde henne. I det becksvarta mörkret kunde
stjärnorna alltid leda henne tillbaka till sin grotta, men
efter att den sista malmen stulits fanns det inte längre nå-
got kvar.

Stationen var tom och hon tog rulltrappan ner. Bergets
terrakottafärg gav ett dunkelt intryck och fick henne att
känna sig som hemma. Lysrören blinkade och hennes
fotsteg ekade i tunneln. Hon drog igen sin kofta och kra-

133

made armarna runt sig. Någon harklade sig. Kvickt vände hon sig om och letade med blicken. Ljuset slocknade och andetag kunde höras i mörkret. Hon famlade sig fram med händerna när lyset plötsligt tändes. En man med en sliten mockajacka satt lutad mot den graffitimålade väggen. Munnen var vidöppen och upp över hans tinning växte det mossa. Hon log och undrade hur det kom sig att människor inte kunde se vad som fanns rakt framför dem eller om de helt enkelt valde att blunda för det de inte ville se.

En tom glasburk stod framför honom. Hon grävde i byxfickan, fick upp några mynt och lade dem i den. Han vaknade till, grymtade åt henne och somnade om. Visserligen var det hennes jobb att anmäla hemlösa i tunnelbanan men ansåg att även de behövde någonstans att ta vägen, så varför inte låta dem sova i värmen istället för någon kall gränd. Hon nickade åt honom och fortsatte ut på perrongen.

Den sista tunnelbanan hade precis passerat. Det skulle dröja ytterligare några timmar innan trafiken blev aktiv igen. En man låg och sov djupt på en bänk längre bort. En stickande stank kom från honom och ett par urdruckna burkar låg under bänken. Hon stannade och såg på honom en stund. Ankaret på hans arm såg bekant ut. Med tänderna hårt pressade mot varandra drog hon fingrarna över hans tatuering. Linjerna hade flutit ut och detaljerna försvunnit med åldern. Han mumlade något i sömnen. Hon slog honom hårt över ansiktet.

"Vad fan!" skrek han och reste sig upp.

Hon stod stum och stirrade mot honom.

"Vad håller du på med kärringjävel!" han viftade med armarna.

Pupillerna i hennes ögon vidgade sig likt en bläckfläck på ett papper, växte sig över vitan och ögonen blev becksvarta. En mörk skugga trängde ut ur henne och spred sig över plattformen. Mannen spärrade upp ögonen och backade. Med bestämda steg följde hon efter honom. Han stannade vid kanten till rälsen, snörvlade och täckte ansiktet med sina händer.

"Snälla, jag menade inget illa!"

Hon höjde sin hand mot honom. Han tog ett kliv tillbaka, tappade balansen och föll ner på spåret. Huvudet träffade rälsen, blodet sipprade ut från pannan och kroppen låg stilla. För en sekund såg hon framför sig Frida liggande på marken. Maja drog efter andan. Mörkret drog sig tillbaka in i henne och ögonen vitnade. Vad hade hon gjort? Det här var inte hennes rätta jag. Det här var det gamla jaget som hon lämnat att dö i grottan hon kom ifrån. Hon lade handen på sin panna, såg oroligt omkring sig och hoppade ner på spåret. Tog tag i hans fot och drog kroppen in i de mörka tunnlarna. De flesta var rädda för mörker, men inte hon. Mörkret var en del av henne. Desto djupare hon vandrade in i det, desto mer hemma kände hon sig.

Svetten rann ner längs hennes rygg. Hon hade glömt bort hur tung en manskropp var. De svaga lamporna sken upp en hålighet i bergväggen. Med det blotta ögat var den svår att urskilja om man inte visste vart man skulle titta. Hon klev in i grottan och drog med sig kroppen.

*

Ida torkade bort det röda läppstiftet från läpparna med en servett och sjönk ner i taxisätet. Dagen hade varit lång. Allt hon ville var att krypa ner i sin säng och sova. Ryggen kändes bättre nu, smärtan var tillfälligt borta och hon hoppades att det skulle hålla i sig ett tag. Hon behövde inte väcka mer misstankar om sig än vad hon redan gjort.

Mannens glansiga ögon stirrade fortfarande tillbaka på henne när hon blundade. Han hade inte förtjänat hennes vrede. När hon hade kommit hem till honom hade han överraskat med att laga middag, han hade till och med varit artig nog att dra ut stolen åt henne. Hon skämdes över att hon tagit hans liv och hans Rolex. Men det spelade ingen roll, han var en man, och i slutändan förtjänade de alla att avsluta sina öden i hennes händer.

Hon lutade huvudet mot bilrutan och såg ut på människorna som rusade förbi för att undkomma regnet i den gråa betongförorten. Stockholm var inte riktigt som hon föreställt sig innan hon kom hit. Någonstans hade hon hoppats på att folket skulle vara vänligare än byarna utanför, men hon hade fel. Hur hårt hon än försökte glömma sitt förflutna väckte det alltid till liv igen efter varje man hon träffade. De var alla likadana. Allt de vill ha var hennes kropp, brydde inte sig om ifall de var tvungen att slita sönder hennes kläder och tvinga henne till marken för att få det de ville. När de var klara gjorde de det de alltid gjorde; knäppte byxorna och lät henne ligga kvar i smutsen. Ändå kunde hon inte sluta. Det var svårt att avgöra om det var förakt eller lust hon kände längre. Känslorna var så lika att de var svåra att urskilja.

Taxichauffören tryckte gasen i botten för att hinna över korsningen innan gatulyset slog över till rött. Hon böjde sig fram mot honom. Hans mörka hår var oljigt och kläderna luktade gammal snabbmat. Påsarna under ögonen såg mer ut som kuddar. Han hade nog ett stressigt jobb, att ständigt köra fulla människor till förorten om nätterna. Ringen på hans finger talade om att han var gift men det fanns inte någon längtan i hans ögon att få komma hem. Hon hade svårt att förstå varför människor fortsatte i sina trista rutiner. Varför bröt de inte upp om de var så olyckliga?

"Nästa höger", sa hon.

Taxichauffören nickade och svängde kraftigt med bilen. Hon höll sig hårt i bildörren. På hennes arm fanns rödbruna fläckar som grenade ut sig i hudens veck. Hon slickade sig om tummen och gnuggade bort dem.

I dörrfacket låg en kvarlämnad modetidning som hon tog upp och bläddrade i. Sida efter sida fanns det bilder på skelettsmala modeller. Det här var vad varje man åtrådde; en säck med ben. Hon kunde inte hjälpa att känna sig avundsjuk. Aldrig skulle hon kunna se ut som dessa kvinnor. Hon var naturligt kurvig och hade en gång i tiden setts som en vacker kvinna. Men tiderna hade förändrats, och tyvärr följde hennes kropp inte modet.

Ryggen började knaka. Diskret förde hon upp handen över ryggen. Hålet hade växt sig större, den träiga ytan varade av sav och fick tröjan att kännas klibbig. Hon såg ut genom rutan.

"Du kan stanna här."

Chauffören körde upp på trottoaren och parkerade framför porten till hennes hus.

"Hur mycket blir jag skyldig dig?" frågade hon och rotade med handen is in väska.

Mannens hand gled över till hennes lår och han närmade sig henne. Andedräkten var varm och stank av cigarett. Hon såg häpet mot honom. Hur kunna han förvänta sig att någon som hon ens skulle titta åt hans håll mer än nödvändigt? Ändå slog hon inte bort hans hand. För vad gjorde en liten nattfösare innan sängdags?

*

Luften kändes tung och de mörka molnen höll månen fången. Svetten rann ner längs Enars ansikte och armarna darrade av mjölksyra när han satte spaden till jorden. Flera timmar hade passerat men ändå var hålet i marken inte tillräckligt stort. Han torkade pannan med tröjärmen och suckade. Vid ett träd stod hans bil slarvigt parkerad. Det var endast ett fåtal bilar som passerade förbi honom på motorvägen med hellysena på. Om det varit dag hade vem som helst sett honom.

"Helvete!" skrek han frustrerat och slängde spaden i marken.

Lampan inuti hans bil lyste upp som en fyr. Han skyndade sig in i bilen, släckte lampan och sjönk ner i förarsätet. Små regndroppar började falla på rutan och ett muller kunder höras. Han stoppade in en snus i munnen och rättade till den med tungan så att den låg bekvämt under läppen. Han klev ut ur bilen och fortsatte gräva.

Var verkligen allt det här värt besväret? Grävde han inte ner sig djupare än sina offer? Det här skulle aldrig hålla för alltid, ändå kunde han inte sluta. Varenda del av hans väsen begärde att få beröva livet av unga män, det var hans arv, hans födslorätt, eller var det något han försökte intala sig själv? Känslan av att ta det sista andetaget av någon var det enda som betydde något. Det var där han hittade känslan han desperat sökte efter, frihet.

Spaden slog mot en sten i marken och han tappade taget om den. Hålet var inte tillräckligt djupt men fick räcka. Han gick till bilen, öppnade bagageluckan och träffades av klorstanken. Två kroppar låg inrullade i de vita handdukarna han tagit från badhuset. Han hoppades att ingen skulle märka att han stulit dem, att förlora jobbet för något så banalt skulle vara genant.

Kropparna var tung och han fick dra dem en efter en till hålet. Han täckte dem med jord och satte sig på marken. Regnet började ösa ner och hans lugg föll ner i ansiktet. Ur sin jackficka tog han fram en fickplunta i silver och svepte resten av whiskyn i en klunk. Hans dagar var räknade, det kunde kännas i hela kroppen. När som helst skulle hans hemliga fasad spricka och allt gå i spillror. Ändå kunde han inte hjälpa att längta efter det. Hemlighetsmakeriet skulle äntligen vara slut och han skulle vara fri.

*

Marken mullrade och smågrus föll från grottans tak. De skenande tågen var inget Maja brukade lägga märket till men nu höll de henne vaken. Stenar skar in i hennes rygg.

Hon lade sig på sidan med knäna hårt tryckta mot magen. Under huvudet hade hon en sliten fjällrävenryggsäck som kudde och en gammal jacka som filt.

Hon visste inte längre varför hon kommit hit. Kanske var det för enkelhetens skull eller rädslan att lämna det gamla bakom sig och omfamna det nya. Livet i staden hade inte varit så givande som hon trott och ibland önskade hon att hon aldrig lämnat sin grotta i norr. Hon saknade ljudet av gruvarbetarnas röster, den respekt de gav henne och gåvorna de lämnade. Deras vidskepelse var hennes framgång. Till skillnaden från stadens befolkning där folktro endas var en myt och cynism var deras religion. De var som förbipasserade tåg utan destination och människorna i deras liv passagerare som klev av vid nästa stop. Hon önskade att någon skulle stanna och låta henne kliva på.

En gråspräcklig råtta kom springande längs väggen. Den nosade sig försiktigt fram till henne och kurade ihop sig längs hennes ben. Hon förde försiktigt ner handen och smekte den över ryggen. Den lilla krabaten tycktes vara lika ensam som henne. Hon lyfte på tröjan och lät den krypa in. Det fanns något oskyldigt hos de djur som människan inte längre ägde. Människor gjorde allt för att tvätta bort sina djuriska instinkter och såg sig själva som gudar över denna jord istället för att vara i ett med den. Att de någonsin skulle hitta tillbaka till sin sanna natur var önsketänkande från henne. Någonstans inom sig visste hon att världen aldrig skulle bli som den en gång varit och hon skulle alltid vara en del av utkanten.

Ett tåg körde förbi och grottan vibrerade. Det lilla djuret skaka och började krafsa runt. Hon lade sin hand på tröjan för att lugna sin vän. Men det var försent, den hade redan letat sig ut och försvunnit in i mörkret. Hon drog jackan intill sig och försökte stänga ute ljudet från trafiken.

*

Den kala lägenheten ekade av tomhet. Det enda livet som kunde höras kom från övervåningen där grannbarnen lekte. Deras fotsteg slog som en hammare i kistan medan deras far försökte ignorera dem genom att höja volymen på tv:n.

Ida satt nersjunken på hallgolvet och lyssnade på världskriget som höll på att bryta ut ovanför henne. För varje golvdunk ryckte hon till. Blicken stirrade forcerat mot ytterdörren, sprickorna i träet slingrade sig som blodådror upp till handtaget. När som helst skulle det knacka på dörren. En dunk hördes igen och hon hoppade till. Kunde det vara han? Hon reste sig hastigt upp och tittade ut genom nyckelhålet. Korridoren utanför var tom. Hon sänkte huvudet, han skulle inte komma idag heller.

Fötterna släpade i golvet när hon gled in i sovrummet. Hon satte sig på sängen och drog åt sig huvudkudden. Hon kramade den hårt. Gregers rakvatten kunde fortfarande kännas i bomullen. Det doftade citron, pomerans och något mer som hon inte kunde placera. Hon pressade in näsan hårt i dunet och föreställde sig honom här, hur han borstade bort hennes hår från nacken, kysste huden och fortsatte med sin mun ner över ryggen.

"Sluta inte", viskade hon för sig själv, bet sig i läppen och lät sin hand glida ner mellan benen.

Hon rycktes ur sina tankar av ett tutande utanför fönstret. Håglöst hasade hon sig fram och drog bort de vita linnegardinerna. Nere på vägen bogserades en taxibil bort. På vindrutan satt en bunt med parkeringsböter och en argsint bilist tutade uppjagat på bärgningsbilen. Hoppfullt letade hennes blick längs gatan längtande efter att se Gregers ansikte träda fram i folkmassan, men förgäves.

Hon sneglade mot vasen på nattduksbordet med de senaste liljorna som hon fått av honom. Deras vita huvuden bugade sig djupt och tackade för sig. Varje gång han kommit hem till henne överraskade han henne med en bukett. Hon visste inte om det var en gest av förälskelse eller förlåtelse när han sträckte dem till henne. Efter att de älskat med varandra studerade hon alltid de vita kronbladen medan de lyssnade på Francoise Hardy omslingrade i varandras kroppar. Hans ögon brukade försvinna in i tomheten till musiken som om han försökte tala till henne genom musikens texter.

"Hon lyssnar aldrig", brukade han säga. "Musiken är som ett främmande språk för henne. När jag försöker spela den för henne är det som att hon inte lyssnar."

Hon kramade då honom och sa: "jag lyssnar alltid."

Ett kronblad föll ner på bordet och hon kunde känna hur hon föll med det. Tankarna blev som en enorm gryta med alfabetssoppa utan ett enda fullständigt ord. Hennes harhjärta fick kroppen att skaka. Varför var han inte här när han hade lovat att komma? Var hon endast en leksak för honom som han endast tog ut och lekte med när det passade honom?

Hon drog för gardinen och gick in i badrummet. Tröjan skavde mot ryggen när hon tog av sig den. I spegeln kunde hon se det gapande hålet i ryggen, det knakade som torrt trä när hon rörde på sig. Det var som att se in i sitt eget fördärv; ett stort pulserande sår som aldrig läkte.

Kranen till badkaret satt åt. Hon fick ta i för att få igång den. Det skållheta vattnet brände mot hennes fötter när hon klev i. Hon bet ihop tänderna och satte sig ner. Det varma vattnet mjukade upp hennes hud och avlägsnade smärtan. Hon drog av sig sina lösögonfransar och lade dem på badkarskanten bredvid ett rakblad. Hon tog rakbladet, sjönk ner i karet, varsamt tryckte hon den mot armen och drog upp ytliga sår. En ventil för den smärtan hon kände inombords. Hennes sätt att kontrollera sina känslor och inte spåra ur.

Blodet droppade ner i vattnet och tynade bort.

"Blod är tjockare än vatten, ändå spills det mer blod än vatten", tänkte hon för sig själv. "Fanns det någon man som bryr sig om sin familj? Allt de tänker på är att se om solen lyser starkare på andra sidan gatan."

Hon hade inte mött en enda man som tänkt på någon annan än sig själv. Kvinnorna från hennes tid levde för sina män, medan männen lekte runt som förvuxna barn i skogarna med henne. Inte ens inne i staden hade de växt upp.

Tårar rann ner längs hennes kinder. Var inte livet något mer än ett konstant letande efter någon som kunde lindra hennes smärta, att alltid finna tröst i någon annans famn? Allt hon ville var att kunna stå på egna fötter och slippa sitt fördärvade sinne. Om hon tordes pressa rakbladet hårdare mot huden så skulle hon bli kvitt sitt lidande. Ändå kunde hon inte finna modet. Hon visste att det inte fanns någon som väntade på andra sidan; ingen älskare eller vän; ingen gud. Det var det som skrämde henne. Gud var något människorna frammanade i sina egna fantasier för att trösta sig inför sin död. Det gav dem mening, ett kall i livet utan att ifrågasätta det. Hon önskade att de hade rätt, att det fanns en gud som förlät henne för hennes brott och gav modet att pressa bladet hårdare. Men desto mer hon tänkte på religion och alla dess gudar, desto mer absurt verkade det. Det påminde mer om dåtidens såp-opera, en ursäkt för att ta sig igenom den trista vardagen. Och även om det fanns en himmel, vem skulle då vänta på henne där? Varje man som berört henne hade inte sett morgondagens sol. Hon var helt ensam.

Hon satt på duschen, spolade bort blodet och skrubbade sig ren. Ändå kände hon sig fortfarande smutsig.

*

Doften av matos var påtaglig när Enar smög sig in i lägenheten. Han sparkade av sig Dr Martens-kängorna och gick in i köket. Disken stod på hög och något som varit en måltid låg kastat i sopporna. Han tog ett glas med whisky, svepte det och ställde det på ett fat.

Med andan hårt hållen öppnade han sovrumsdörren. Gångjärnen gnisslade, han släppte handtaget och slank emellan dörrspringan. I sängen låg Elias inrullad i täcket med fötterna utstuckna. Det nyrakade ansiktet blänkte av nattkräm och Enar kunde inte släppa sin blick ifrån honom. Han var inte som någon man han träffat. Det fanns något fängslande med honom. Sättet han ständigt sökte efter något mer i livet än det han kunde se framför sig. Det fascinerad honom att Elias påminde så mycket om honom själv än någon människa han träffat.

Han tog av sig kläderna och lade sig i sängen. Elias andades djupt. Försiktigt kröp han upp intill honom och kysste hans nacke.

148

"Jag älskar dig", viskade han.

De hade träffats på en sådan där klubb där allting slutade i en ormgrop. Stället föll inte Enar i smaken, han gillade sina offer ensamma. I ett mörkt hörn satt Elias med fötterna vilande på en stol och pillade på mobilen. Till en början kände sig Enar som en av gubbarna som lurade i skuggorna och väntade på sitt byte. Men Elias avfärdade honom inte, utan tog bort fötterna från stolen och lät honom slå sig ner. De gröna ögonen talade om att han var mycket ensam. Själen skrek efter uppmärksamhet, medan hans yttre drog sig tillbaka. Han var det perfekta offret, ingen skulle sakna honom och inga misstankar skulle riktas mot Enar. Men det fanns något mer tilltalande hos honom som Enar inte kunde sätta fingret på. Enar gjorde något han aldrig tidigare gjort, han lät honom leva.

"Vart har du varit?" Elias hade vaknat och drog sina händer över Enars fingrar.

Retligt flyttade Enar på sina, vände sig om i sängen och drog täcket intill sig. Vardagen var som ett gift. Det kontaminerade allting i sin väg och lämnade ingen orörd. Den frihet de en gång lovat varandra var glömd och endast tvång fanns kvar.

"Ute", svarade han.

Elias satte sig upp i sängen och tände lampan på nattduksbordet. Han slog armarna i kors och stirrade mot Enar. Han kunde känna hur blicken brände ett hål i hans bakhuvud. Kanske kunde han ha undvikit det här om han berättade sanningen om vem han var och vad han gjorde om kvällarna, men rädslan att förlora Elias var för stor.

"Jag har väntat hela kvällen på att du ska komma hem och du kunde inte ens slita dig i två minuter för att ringa och säga att du kommer sent. Jag stod hela eftermiddagen och lagade mat åt dig som jag sen fick slänga."

Enar satte sig upp i sängen och tittade irriterat på honom.

"Jag har inte bett dig att göra det."

"Du behöver inte be. Jag gör det för att jag älskar dig."

Enar hade svårt att svälja sin egen saliv. Det kändes som om han hade ett koppel snävt runt halsen. Innebar verkligen tvåsamhet att vingklippa sin egen frihet? Han lade sig ner och drog täcket över huvudet. Varför kvävde han inte honom i sömnen. Några minuter av andnöd och allting skulle vara över. Ingen svartsjuka, inga lögner och framför allt ingen ångest.

De lade sig ner i sängen igen. Elias tryckte sin kropp mot hans. Enar kunde känna den nyborstade mentol andedräkten i nacken.

"Förlåt", viskade Elias i hans öra.

Enar kände sig kall, men han menade inte att kasta skulden på Elias. Han försökte somna, men den hårt klängande handen på hans bröst höll honom klarvaken och han hade svårt andas.

*

Kvällssolen brände mot Majas känsliga hud. Solglasögonen och sjalen som var virat runt hennes huvud hjälpte knappt. Det här var första gången hon begett sig utanför tullarna. Det trånga grottutrymmet hade fått henne att känna panik. Istället slutade hon sitt skift tidigare och lät spärren stå obemannad. Men vad gjorde det? Ingen skulle märka att hon var borta.

Människor rusade förbi. Deras axlar stötte in i henne som om hon vore luft. Inte ens en ursäkt fick hon efter att en kvinna nästan fått henne att ramlat omkull. Hjärta bultade hårt. Hur fort hon än försökte hann hon inte upp i deras takt.

En sunkig bar intill såg inbjudande. Försynt slank hon igenom vimlet in, beställde sig ett glas vin och satte sig vid baren intill en äldre man. Hon pustade ut, lindade av sin sjal och tog en klunk från vinet. Aldrig hade denna rusdryck smakat så gott. Spänningen i axlarna släppte och ett lättsamt leende trädde fram. Hon höjde glaset åt den äldre herren som besvarade hennes gest. Hon svepte i sig glaset och beställde ett till.

"Du brukar inte komma hit?" frågade han.

"Ser jag inte ut som en dam som kan roa mig?"

"Nej, förlåt, det var inte så jag menade. Har inte sett dig här tidigare."

"Brukar inte gå ut så ofta", hon skrattade.

"Inte jag heller, vem har tid i dessa tider?" han log och tog en klunk från sin öl.

Hon nickade och sörplade på vinet. Om det var alkoholen visste hon inte, men ett litet hopp inom henne växte när hon såg på honom. Det var första gången en man visat ett genuint intresse för henne.

"Vart kommer du ifrån?" frågade han.

"Vi kan säga att jag kommer från Norrlands urskogar"

"Jaså, trodde att du var renodlad Stockholmare" han blinkade med ena ögat åt henne.

Hon lutade sig fumligt fram och började smeka honom över armen. Hans mun smalnade och han drog armen till sig. Hon tappade balansen från stolen och var tvungen att sätta ner en fot på golvet. Hon råkade slå till sin handväska som trillade ner och alla hennes attiraljer for ut över golvet.

"Ledsen, men jag är inte intresserad", han drack upp sin öl och gick därifrån.

Hon försökte hålla tillbaka tårarna. Aldrig hade hon känt sig så utskämd. Den lilla värdighet hon så hårt bevarat var nu borta. Nu var hon endast ett avfärdat luder.

Hon plockade upp sakerna i handväskan, virade sjalen runt huvudet och klev ut. Solen hade gått ner och nattens bris fick henne att rysa. Tårarna rann ner för kinderna och hon längtade hem till sin grotta.

*

Barnen spelade fotboll på gräsmattan i parken. En bit i från satt en flicka ensam och tittade på. De stora glänsande ögonen såg längtande efter att få vara med, känna sig behörig. Ida log mot flickan. Hon kunde se sig själv i henne.

En av pojkarna sparkad bollen hårt mot flickan och träffade hennes knä. Hon rörde inte en min. Ida ville gå fram och tala om för henne att allting kommer att bli bättre, men hon visste att livet inte fungerade så. Efter att hennes egen mor dragit ut rötterna ur hennes rygg var hon dömd att för alltid vandra själv.

Hon plockade fram en cigarett, tände den, tog ett djupt bloss och lutade sig mot ett träd. Den lilla flickan tittade förundrat mot henne medan hon lekte med sitt hår.

"Titta mamma!" ropade hon och pekade mot Ida.

En kvinna kom fram till flickan och bad henne sluta peka.

"Men mamma det ryker ur hennes rygg."

Ida flinade åt dem och pressade ryggen hårt mot stammen.

"Var inte dum nu", sa mamman och tittade besvärat mot Ida innan hon drog iväg sin dotter till en klunga med de andra barnens föräldrar.

"Så smaklöst att stå här och röka, det märkas att hon inte har några barn", viskade kvinnan och sneglade mot henne.

Ida fnös och sög på cigaretten. Det förundrade henne att en vana som tidigare sett som ett rikemansnöje nu sågs

som något billigt och smaklöst. Nu var det endast narko-
maner och alkoholister som sysslade med det och om
någon förälder fortfarande rökte var de förvisade från
lekparken.

En pojke på gräsmattan tog sats och sparka fotbollen
mot Ida. Kvickt flyttade hon sig. Bollen for ut mot en sten
och slog ut en pappersmugg med mynt. Pojken gick för att
hämta bollen och när hans såg stenen vidgades hans ögon.
Det var endast de små som kunde se verkligheten för vad
den egentligen var.

"Är det någon som sett Jonathan?" ropade en kvinna
som kom gående mot dem.

Ida såg mot busken. Både stenen och pojken var borta,
endast fotbollen låg kvar.

*

"Vill du ha något mer?" frågade kassören och lade en dosa
General Portion på disken.

Enar bläddrade bland vykorten på ställningen. Han
skrattade högt över John Bauers karikatyrer, så nära fast
ändå så långt ifrån. Han tog ett kort som föreställde fyra
troll och Tuvstarr.

"Den här också", sa han.

"Kvittot?"

Han log mot kassören, tog snusen och kvittot. De styva bröstvårtorna syntes igenom det vita linnet på mannen. Han såg i sitt inre hur han tryckte upp mannen mot väggen, slet sönder linnet och börja kyssa bröstet. Han skakade på huvudet, tackade för sig och klev ut ur kiosken. När han vände på kvittot och såg det slarvigt skrivna telefonnumret skrynklade han ihop pappret och kastade det i papperskorgen. Även om han visste att han skulle ångra sig så ville han inte göra sig mer skyldig än han redan var.

Enar drog sin nagel runt mynningen på snusdosan för att lösgöra locket medan han såg sig omkring i storstadsstimmet. Det var fredag och människor hade precis slutat för dagen. De alla sprang omkring med ett flertal påsar i varje hand, för att sedan avsluta sin dag med en tur på Systembolaget. Han roade sig åt människornas brist på att se helheten. En värld korrupt av konsumtion i ett samhälle döende på grund av kapitalismen. Kunde verkligen inte samhället klara sig utan den eller var människorna så beroende att det inte gick att bryta deras mönster? Hur länge skulle det hålla innan alla trampade i varandras avföring? Kanske gjorde han världen en tjänst att offra dem en efter en. Människor och deras menlösa rutiner. Schemalägger sina liv från födsel till död och påstår att det var frihet.

Han stoppade snusen under läppen och gick sakta ner för Drottninggatan. Han drog sig för att för att gå hem. Där väntade Elias med välstekt entrecôte och klyftpotatis. En måltid varje man skulle älska och skynda sig hem till, men inte han. Han avskydde det seniga köttet. Han skulle hellre välja det vegetariska alternativet, men det gick inte, han var man och hade en viss standard att leva upp till. Bad han inte om extra smör till potatisen var det uppenbart att han inte var någon man. Fast vem var han att klandra normen nu när han var en del av den. Han hade tagit sitt född arv och skitit rakt över det, och var nu en skamfläck för sin egen sort.

Vid Odenplan stannade han till vid en man som satt på trottoaren med huvudet nersjunket mellan knäna. Framför honom stod en tom kaffemugg med endast några få mynt i. Enar lirkade upp några kronor ur fickan och lade dem i muggen. Mannen tittade upp och log. Halva ansiktet var täckt i torkad mossa. Enar såg sig omkring på människorna som gick oberört förbi. Inte undra på att världen var på väg åt helvete.

Ett par stötte till honom, ursäktade sig och gick vidare. Han följde dem med blicken. De höll varandra hårt i händerna medan de gick längs vägen. Magen knöt sig på honom när han såg dem. De hade det där magiska över sig som förälskade par hade. Något han själv kände att han aldrig skulle kunna ge Elias hur mycket han än ville. Om han kunde sluta hade han gett upp allt för honom, men vissa saker satt djupt inrotade. Han bestämde sig där och då att det var dags att vandra vidare.

Enar såg upp mot fönstret och suckade. Siluetten av Elias skymtade i sovrumsfönstret. Elias väntade på att han skulle komma hem. Allt Enar ville göra var att kliva ur bilen, gå upp till lägenheten och berätta hur mycket han älskade honom. Men han kunde inte. Det här kunde inte fortsätta längre. Han ville inte dra in honom i sitt eget lidande. Det bästa vore om alla saker han gjort fick vara osagda. Elias skulle alltid gå i ovisshet över vem han egentligen var, fast det vore för det bästa. Sanningen kunde brännmärka en för livet, medan tystnaden endast lämnade ett tomt hål.

Han tittade upp på stjärnorna. Frihet kom aldrig gratis, oftast med bekostnad på kärleken. Han startade bilen och körde ut på E4an. Natten välkomnade honom i sin famn och han visste att han aldrig skulle komma tillbaka.

*

Mannens guldklocka glänste i lysrörsbelysningen när han drog åt slipsen. Han bet ihop sina tänder för att inte låta känslorna avslöjas bakom fasaden. Maja var inte lika stark. Hennes tårar rann ner från kinderna.

"Jag är ledsen, men det finns inget jag kan göra. Vi tänker stänga alla biljettluckor och byta ut dem till automatiska spärrar, så vi kommer inte ha behov av er tjänst längre."

Hon gick ner på knä. Det spelade ingen roll om någon såg henne. Han var den de skulle fokusera på, den de skulle döma.

"Du kan inte göra så här, det här är mitt liv!" hon tog tag i hans byxben.

"Tyvärr, det finns inget jag kan göra", sa han och skakade loss henne från sig. "Du har till slutet av månaden med att lämna in dina saker."

Hon såg på honom med stora ögon medan han gick sin väg och lämnade henne ensam på golvet. Ännu en man hade lämnat henne på sina knän. Hon torkade sig om näsan och satte sig till rätta på stolen. De nya skyltarna fanns tapetserade över hela tunnelbanestationen. Om en månad skulle det nya systemet bli elektroniskt. Snart skulle vartenda jobb styras av maskiner. Hur skulle någon ha råd att resa eller handla om ingen hade något jobb? Hon längtade hem. Ett liv styrt av teknologi är inget liv, det är en illusion.

En äldre kvinna kom fram till luckan och sträckte in sin biljett. Majas hoppade till och såg för en sekund Fridas drag i kvinnans ansikte, men de försvann lika fort. Även om hon inte fanns längre bland oss önskade hon att allt enbart varit en mardröm hon haft i grottmörkret. Vad skulle hon inte göra för att få se det där leendet igen. Hon stämplade kvinnans biljett och såg hur hon försvann in i folkmassan. Maja lät sitt ansikte sjunka ner i handflatan. Hennes samhörighet med världen hade slutat.

Hon reste sig upp, lämnade sin anställningsbricka på bordet och åkte ner för rulltrappan. Hennes liv gled längre och längre ifrån henne. Snart skulle det endast vara ett gammalt minne hos henne. Men det var hennes tur att gå.

Kanske skulle det någon gång växa fram myter om henne så som det gjort i de värmländska grottorna. Hon kunde se framför sig hur chaufförerna höll extra koll om nätterna, i fall de kunde se henne vandra omkring i tunnlarna.

Hon hoppade ner på spåret, såg en sista gång bakom sig innan hon klev in i mörkret.

*

Ida drog sina fingrar längs Gregers nacke. Axlar var nersjunkna och den annars självsäkra mannen verkade frånvarande. De tomma ögonen stirrade in i dataskärmen medan hon satt på sidan av hans skrivbord. Hon kunde inte undgå att lägga märket till att han bytt rakvatten.

"Du kom aldrig", hon sträckte på sig och lät sitt vänstra ben vila på hans armstöd. Han sneglade mot henne och kunde se rakt in under kjolen men avvärjde blicken kvickt.

"Jag hade andra saker för mig", hans ögon flackade.

Solen var på väg ner och sken bländande in på kontoret. Svettdropparna på hans skalp reflekterades i ljuset och fick huvudet att glittra. Hon drog sin hand över hans huvud och ner över kinden.

"Jag har saknat dig."

Han satt stum.

Hon böjde sig fram och viskade i hans öra: "Hemma hos mig vid sju?"

Han sköt ut sin stol så att hennes fot gled av. Han titta allvarsamt mot henne medan han gnuggade tinningarna.

"Du vet att jag inte kan."

"Du får göra vad du vill med mig", hon tog hans hand och lade det på sitt bröst.

Han flämtade till och rodnade. Varsamt tittade han ut från kontoret men ingen tycktes se dem. Hon klämde åt hans hand för att verkligen få honom att känna på hennes bröst.

"Jag lovar att göra det värt besväret."

Greger drog bort handen och titta försynt ner i tangentbordet. Han drog sin hand över sina chinos. Konturerna av hans hårda kön kunde ses genom det tunna materialet.

"Du måste vara diskret"

"Det vet du att jag är", sa hon och böjde sig fram och kysste honom på munnen.

Vinden slog upp fönstret och fångade de vita gardinerna. Vårluften fyllde rummet med en doft av syren. Ida låg omslingrad runt Gregers kropp i sängen och ville inte släppa taget. Varje del av hennes kropp vibrera av vällust när hon rörde vid honom. Hans mysk fyllde hennes sinnen och hon kände sig komplett. Hon ville ligga här för alltid.

Han vaknade och såg på henne med sina klarblåa ögon.

"God morgon älskling", sa hon och strök hans hår bakom örat.

Han sänkte sin blick, bröt sig loss från hennes famn och satte sig upp i sängen. Hon sträckte sin hand mot honom och drog med sina naglar över hans rygg. Han flyttade sig åt sidan.

"Vi kan inte ses mer", sa han.

Hon såg stumt på honom. Orden ekade inom henne ändå kunde hon inte känna dem. Hon satte sig bakom honom och började kyssa hans nacke.

"Men jag älskar ju dig", viskade hon.

"Jag vet", han reste sig upp, "men jag kan inte lämna henne."

Hans giftiga ord smakade som lögner i hennes mun. Hon drog åt sig täcket och dolde sin nakna kropp.

"Du sa att ni hade separerat!"

"Vi ska ha barn", han harklade sig.

"Varför är du här då? hon ställde sig upp.

"Jag vet inte … "

"Hur kan du göra så här mot mig?"

"Du kommer hitta någon annan."

"Jag vill inte ha någon annan! Det ska vara du och jag, lyckliga i alla våra dagar.

"Förlåt", hans ögon letade sig ner till golvet som en skamsen hund.

"Din ynkrygg. För feg för att acceptera sanningen. Om inte du vågar berätta så gör jag det åt dig."

Han tog tag i hennes vrist och vred om armen

"Snälla du får inte!"

Hon drog till sig sin arm och flinade.

"Vad skulle stoppa mig?"

"Om du inte kan acceptera det här så kan du inte fortsätta jobba hos oss."

Ryggen knakade och hennes insida börja koka. Alltid den andra kvinnan, aldrig den första. Sedan skogens begynnelse har detta alltid varit ett faktum. Det var utmattande. Ett ändlöst sökande efter det där lyckliga sagoslutet i en värld som inte tror på magi.

Hon vände sig bort från honom

"Vad har hänt med din rygg?" sa han med darrande röst.

"Du", svarade hon.

Utanför sin lägenhet stod Ida och avnjöt en cigarett. Hennes blodstänkta händer fläckade ner filtret. Ryggen hade slutat knaka och hon kände en lättnad. Varför kunde hon inte lära sig av sina misstag? Det här var tvunget att få ett slut, hon var redo för en ny början. Den här gången skulle hon inte upprepa samma misstag igen. Hon var färdig med män och deras vildsäd.

En främmande man log åt henne. Fast hur kunde hon? De smakade ju så gott. Hon skakade på huvudet och gick ner för gatan. Röken trängde ut ur hennes linne. Vinden blåste kallt och hennes hud knottrade sig. En bar runt hörnet såg välkomnande ut. Hon behövde släcka sin törst innan hon började på sitt nya liv. Endast ett glas, sedan var hon redo.

*

Betongen gnistrade under Majas fötter när hon klev ut från den mörka tunnelbanan. Månen lyste klart på himmelen. Tre gestalter satt runt en brinnande tunna på perrongen. Vid första anblick såg de ut som män, när hon kom närmre såg hon hur elden belyste mossan i deras ansikten. Hon nickade mot dem. De besvarade gesten och hon gjorde dem sällskap.

De sa ingenting till varandra. Bakom deras likgiltiga ansiktsuttryck kunde hon se en belåtenhet som fanns sig i deras ögon. Vissa vandrar runt i världen, längtar efter ett slut, ändå fortsätter de på samma spår. Ändå hamnade alla här i slutändan.

Hon log mot dem och höll upp händerna mot tunnan. Huden på fingrarna svullnade och fick hennes ringar att kännas trånga. Hon bet tag i metallen, drog dem över knogarna en efter en och kastade in dem i elden. Flamman sprakade som ett lite fyrverkeri och svajade.

166

HERR JOHN BLUND

På nätterna kommer han till min säng

efteråt ger han mig en peng.

Herr John Blund och hans påse med sand

knyten med ett rosa band.

Vid min säng, han sätter sig

frågar om han stör mig.

"Nej", jag svara

men tänker "Snälla låt mig vara."

Herr John Blund kysser min hand

snälla återvänd till ditt drömland.

Han strör sin sand över min hud
medan jag ber till min solgud.

Herr John Blund, väldigt lik min far
tänker jag på när han klär mig bar.

Tårar rinner ner från mina kinder
men det ser han inte som ett hinder.

I mina ögon sin sömnmjölk han spruta
sedan med en peng han försöker muta.

Herr John Blund har lämnat sin gåva
lämnar mig nu för att sova.

SLUTSTATION

PORTARNA TILL TUNNELBANAN öppnades och människorna pressade sig ut. Joel tryckte sig emot strömmen. Han höll hårt i sladden till sina hörlurar för att inte fastna i offensiva armar. Det enda lediga sätet han kunde se låg intill fönstret, reserverad för rörelsehindrade. Han stod tyst och väntade på att personerna i de två sätena vid mittgången skulle vika undan sina knän och släppa fram honom. Men de var för upptagna med att stirra ner i sina mobiltelefoner. Han harklade sig. De suckade i kör och släppte fram honom utan att släppa ögonen från sina skärmar.

Mittemot honom satt en ung kvinna och skruvade på en Rubriks kub. Hennes händer darrade medan ögonen frenetiskt letade efter rätt färg, som om hela världen skulle gå under om hon inte lyckades lösa den. Hon stannade upp ett slag. Trummade fingrarna mot handryggen, blåste luggen från ögonen, innan hon fortsatte. Han fann det underligt. Var det enbart ett sätt för henne att locka till sig uppmärksamhet eller var det som ett slags gosedjur som höll henne trygg? Han fascinerades över hur hon lyckades lösa pusslet. Det gav honom lusten att slita den ur händerna på henne och kasta av den vid nästa stopp. Tack och lov stoppade hon ner den i sin väska.

Han lirkade upp mobiltelefonen från sin byxficka och ändrade låt. Kvinnan stirrade besvärat på honom som om hon kunde höra att han lyssnade på Aural Vampire. Han sänkte volymen tills hon såg nöjd ut. Hon plockade upp kuben igen, vred om alla delar tills alla färger stod huller om buller och började om. Han himlade med ögonen och sjönk ner i nyhetsflödet på mobilskärmen.

Den ena tunga nyheten efter den andra gled förbi under hans tumme; fattigdomen breder ut sig över Europa, massmord på homosexuella i mellanöstern, Rysslands kärnvapen upprustning hotar västvärlden, klimathot, svält, elände. Han suckade och klickade sig in på nöjesnyheterna.

”Nästa T-centralen”, ropades ut i högtalarna och tåget stannade.

Passagerare fylldes på och trängde ihop sig som boskap på väg mot slakt. Han kände sig instängd i sitt hörn och fick svårt att andas. Detta måste vara ett brott mot brandsäkerhetslagen tänkte han. Om inte, borde det i alla fall vara det. Dessutom skulle det finnas någon lag för personligt utrymme så alla slapp att trängas mot varandra.

En skugga syntes i hans ögonvrå. Fönstret reflekterade en äldre dam med en bordeauxfärgad kappa med läppstift och naglar i samma stil som precis klivit på. Hennes blick sökte efter honom. Han spärrade ögonen i mobilen och försökte se upptagen ut. Kvinnan med Rubriks kub spände ögonen i honom och snörpte på munnen.

"Du kan ta min plats", sa hon och reste sig upp.

Damen tackade och klämde sig in. Tåget skakade. Hon föll framåt och greppade hans lår. Han vägrade släppa ögonen från sin skärm. Trots att han kände hur ansiktet blev rött och svett började rinna från hans armhålor under tröjan. Hennes parfym var så stark att han inte kunde känna hur den egentligen doftade. När hon hittade balansen och satte sig på sin plats kunde han utgöra att den i alla fall hade ett inslag av rosor.

Vid Fridhemsplan klev en större del av de stående passagerarna av. Han suckade av lättnad och scrollade igenom sin låtlista. En röst blandade sig med musiken i hans hörlurar. Han tittade upp. En man komma vankande i gången och sträckte fram en sliten pappersmugg och bad efter några kronor. Kvinnan med Rubriks kub, som hittat sig en plats längre bort, rotade runt i sin väska efter några mynt som mannen tackade för. Joel höjde volymen i hörlurarna tills mannens röst tonade bort och Joel smälte samman med flödet på hans skärm.

Musiken började knastra i hörlurarna. Han skruvade på uttaget till kontakten tills bruset minskade. Den vänstra snäckan gav ifrån sig en elektrisk stöt i hans öra. Han tog ut den, tittade på den, men kunde inte se något uppenbart fel förutom en beläggning av vax som låg runt öppningen. Han grävde ur det han kunde med lillfingernageln och torkade av det på sätet innan han fortsatte att lyssna. En röst grävde sig igenom musiken och gjorde sig tydlig i hans öron.

”Tror du verkligen att du rör dig obemärkt genom världen?”

Förvånat scrollade han igenom sin musiklista och undrade i fall han råkat sätta på en remix av misstag. Men varför skulle någon plötsligt prata svenska mitt i en japansk låt utan något som helst sammanhang? Kanske var det enbart någon störning eller någon i vagnen som pratat otroligt högt.

”Att dina handlingar dunstar av i ingenting? Kom ihåg att när all ånga stigit väntar stormen.”

Han slet blicken från skärmen och tittade sig omkring bland människorna vars blickar stirrade ner i deras lysande skärmar. Den hemlöse mannen stod och höll sig i ett räck för att inte falla när tåget vibrerade.

"Titta på dem. Se hur de agerar. Blicken sänks ner i skärmen på deras mobiltelefon när en fattig hand sträcks fram. Alla låtsas inte höra de bedjande orden och höjer volymen på musiken i deras hörlurar. De sover. Deras sinnen vilar stillsamt mot en illusion av information. Accepterar allt som äkta. Tror du en enkel kyss skulle väcka dem? Kan passionens lockelser fånga deras uppmärksamhet eller skulle den vandra dem obemärkt förbi? Om insikten kom, skulle de ångra att de missade den eller enbart blunda hårdare? Vad tror du? Vad skulle väcka dig?”

Damen framför stirrade mot honom och flinade. Läppstiftet hade färgat av sig på hennes framtänder och fick hennes annars prydliga stil att tappa sin glans. Han tvekade en stund innan han tog ut ena hörluren ur sitt öra och böjde sig mot henne.

”Ursäkta?” frågade han, ”sa du något?”

Hon tog upp en puderdosa ur väskan, speglade sig i locket, drog tungan över tänderna och gnuggade bort resterna med fingret.

”Jag undrade vad som skulle väcka dig?”

"Jag är vaken", sa Joel och höjde på ena ögonbrynet.

”Jaså, är du?” Hon plockade fram ett läppstift, smackade med läpparna efter att hon lagt på ett nytt lager. ”Sover du inte dig igenom dagarna? Vandrar inte ett tomt skal runt på ditt arbete, längtande tillbaka till den där skärmen. Den senaste gången du kände dig levande var när du följde nyheterna kring en av de fördärvade Hollywoodstjärnorna som försökte tända eld på sin hund. Vad var det hon hette? Jag kommer aldrig ihåg vem som är vem, de är alla så lika.”

Han tittade besvärat på henne och sedan runt bland de andra passagerarna. Hörde de också vad hon sa eller försökte de inte låtsas om henne? Var hon kanske en ny lokalkändis på frammarsch som han inte hört talas om, likt Jesustanten som han hört predika på gatorna.

”Du definierar dig som ateist ändå hyllar du dessa människor som gudar. Hyckleri! Och du undrar varför världen ser ut som den gör. Idioti hyllas framför intellekt.

Lättja fräter håll i era huvuden och era käkar låst sig så att ni enbart kan svälja det ner malda."

"Som du ser är jag upptagen", sa han och höll upp telefonen.

"Tack för att du bekräftar min teori", hon log och stoppade ner sitt smink i väskan.

"Det lät mer som din bestämda åsikt än en teori."

"Öppna din mun och argumentera emot då."

Han tittade ut genom fönstret i mörkret.

"Kan du inte hitta orden? Har du tappat dem på vägen?"

Han suckade och stoppade tillbaka hörluren i örat, men hennes röst hördes fortfarande.

"Du kan stänga ute världen, inbilla dig själv att inget kan penetrera dig, men min röst tränger igenom allt." Hon flinade. "Finner du inte det intressant att en persons närvaro kan lösgöra en kedjereaktion som kan få byggnader att falla ner och ödelägga en hel stad, ett land, världen, till och med universum?"

"Solna centrum", ropades ut i högtalarna.

Ingen människa reste sig för att gå ut. Endast en gravid kvinna klev på och sökte med blicken efter en plats.

Kvinnan med Rubriks kub reste sig upp och erbjöd sig sin plats och gick längre bak i tåget. Joel suckade.

”Stör hon ditt lugn? Påminner hon dig om vem du vill vara eller föraktar du henne enbart för att hon vill lätta sitt eget samvete? Av miljoner likgiltiga miner finns det alltid en stackare som försöker le. En som försöker rädda alla, när det i själva verket är de som borde räddas från sig själva.”

”Nej det gör jag inte.”

”Inte? Vill du inte lägga händerna runt hennes hals och trycka tills det där självgoda leendet förvandlas till samma likgiltiga min som du klär dig med?”

”Vad pratar du om? Klart jag inte vill!”

”Du behöver inte bli så upprörd. Det finns ändå inte plats för henne här. De kommer kasta av henne innan vi är framme.”

”Vad vill du mig?”

”Frågan borde du rikta mot dig själv. Vad vill du?”

”Just nu? Att du ska låta mig vara.”

”Dessa små eftersträvanden. Ni självrättfärdiga människor orkar enbart sträcka er efter det som är närmast. Och samtidigt så kräver ni att bli serverade det utom räckhåll med silversked.”

"Vem är du?"

"Vem är jag?" Hon höll ut handen och tittade på sina långa röda naglar. "Vem vill du att jag ska vara? Varför inte använda din fantasi? För den där manicken i din hand kommer definitivt inte ge dig svaret."

"Djävulen?"

"Var det det bästa du kunde komma på?" sa hon och himlade med ögonen. "Du kunde inte ens föreställa dig att jag var en av hans lakejer, utan det var tvunget att vara självaste mörkrets furste? Kreativiteten verkar vara lika död hos dig som din personlighet är. Men om det är han du vill att jag ska vara, så visst. Men skulle inte det strida mot din trolösa tillvaro?"

"Menar du att det finns något mer än oss?

"Det sa jag inte. Men du verkar köpa allt jag säger utan att titta på kvittot. Vore det inte lite självcentrerat att tro att en högre makt skulle ödsla tid på dig? Utanför dig finns ingenting annat än du själv. Kalla det vad du vill; narcissism, solipsism eller ren och skär galenskap. Du kan välja någon av dem för du verkar inte kunna på några andra förslag."

"Kan du inte låta mig vara?"

”Är jag för påträngande, eller skär sanningen i dina öron?”

”Snälla, håll käften!”

Ett flin kröp upp över hennes ansikte och utan att röra på läpparna sa hon: ”Mina ord behöver inte en käft för att tala.”

”Sluta!” skrek han och tog tag i hennes bluskrage.

Hennes självbelåtna leende rann bort från damens ansikte och rädsla syntes i de uppspärrade ögonen. Människor i vagnen tittade upp från sina mobiler i symbios och stirrade mot honom. Hans hjärta började slå fort.

”Förlåt”, sa han och släppte kragen. Osäker på i fall allt hon sagt varit en hallucination. Han reste sig upp, trängde sig förbi ovänliga knän och fortsatte mot tågets mitt. Människors ansikten vred sig upp och följde honom med blicken när han gick förbi dem. En ung man öppnade sin mun och sa: ”Vi är alla här på samma resa.”

Joel fortsatte förbi. En äldre man med mustasch och hatt reste sitt huvud.

”Samma destination”

En kvinna med långt mörkt hår fortsatte: ”Du kan inte fly.”

Han stoppade in hörlurarna i sina öron och började springa genom vagnen. Huvuden lyftes upp som i en våg genom vagnen.

"Nästa Hallonbergen", ropades ut i högtalarna.

Tåget saktade in, stannade och portarna gled upp.

"Det här är inte din station", det sprakade i hörlurarna.

Han ryckte ur dem och kastade dem på golvet.

"Se upp för plattformen när du kliver av."

En vag belysning sken upp perrongen som sträckte sig så långt ögat kunde se, utan varken trappa eller hiss inom synhåll. Joel gick över på andra sidan av plattformen. Fotstegen ekade mellan bergväggarna. Destinationen på nästa tåg saknades på skärmarna. Endast minuterna räknade ner från sex minuter. Bakom en pelare kom ett ljud som påminde om händer som knådar en våt deg. Han närmade sig den, tittade fram bakom den. Kvinnan från tåget satt på marken och dunkade sin Rubriks kub mot något medan hon mumlade för sig själv.

"Ensamma."

"Hur är det?" frågade han.

"Så ensamma."

”Mår du bra?”

Han sträckte handen mot henne men drog genast till-baka den. Kuben i hennes hand var täckt i blod. Bredvid henne låg en kropp med ett ansikte hon slagit oigenkännligt. Mynt låg utspridda över marken bredvid en utfälld pappersmugg prickig av blod.

”Varför hjälper du dem inte?” frågade hon och vred huvudet mot honom.

”Vilka menar du?”

”Alla!” hennes kropp snörde ihop sig och reste sig upp likt en marionettdocka. Hon sträckte sina förvridna armar mot honom och haltade sig fram. ”Det här är ditt fel. Titta på honom. Blodet finns på dina händer men du är för blind för att se det. Du måste hjälpa dem.”

Han backade bort från henne, tills hans hälar nådde kanten till spåret. I hans ögonvrå försvann siffrorna från skärmen.

”Hjälp dem!” skrek hon och rusade mot honom.

Hennes knän knakade som om de inte satt kvar i hennes leder och skinnet var det enda som höll benen samman. Ett blixtrande sken kom från tunneln. Han skulle just till att hoppa åt sidan när hon trampade snett. Benet vreds runt i nittio grader, skinnet såg ut att hålla på att brista. Hon föll ner och slog huvudet i rälsen. Hon stödde sig upp med armarna. Blod rann ner från skalpen över ansiktet. Hon sträckte sin hand mot honom.

"Hjälp mig."

Han kunde inte röra sig. Tåget skenade in på spåret och över hennes kropp. Bromsarna slirade och gnistor regnade över perrongen. Han vill huka sig ner och se om han kunde se henne, men rädslan för vad han egentligen skulle se hindrade honom.

Tågdörrarna öppnades till en nedsläckt vagn. Han gick in och såg bleka ansikten lysa upp från passagerarnas mobiler. I symbios vred sig ansiktena mot honom och de granskade honom. Portarna slog igen. Han fortsatte gå längre in i vagnen. Högtalaren i tåget sprakade.

"Kan passageraren i mittersta vagnen sätta sig ner innan ett kaos bryter ut."

Han svalde ner saliv och satte sig i den enda lediga platsen vid fönstret. Blickarna släppte från honom och sjönk tillbaka till skärmarna. Framför honom satt samma dam som tidigare. Även hon var försjunken i sin mobiltelefon. Hennes rynkor syntes tydligare som om skinnet förlorat sin spänst och hängde från kindbenen likt en mask. Han lutade sig fram mot henne och frågade vart de var på väg. Hon tittade upp på honom utan att svara. En mörk fläck gjorde sig synlig på hennes kjol och växte sig större. Han kunde känna en svag lukt av urin. Det rann ner längs hennes strumpbyxor till golvet. Han lyfte upp skorna till sitt säte och omfamnade sina ben.

"Nästa Kymlinge, slutstation."

Alla människor på tåget lyfte sina blickar mot honom. Nervöst satte han ner benen. Skorna plaskade i pölen på golvet. Han reste sig och lämnade våta avtryck efter sig genom vagnen.

"Avstigning för samtliga."

Han vände sig om och insåg att tåget stod tomt.

Joel gick ut från tunnelbanestationen. Ovanför honom sträckte sig ett täcke av rök över himmelen. Människor stod i stora kluster med sina ögon frysta i sina mobiler. Bortom dem stod byggnader i lågor och aska regnade ner över dem. Han trängde sig in bland dem, försöket skaka dem till liv, skrek åt dem att göra något. Men ingen tycktes höra honom. Ett flygplan trädde ur dunklet och släppte ner något en bit bort. En explosion fick marken att skaka.

Människorna tryckte sig närmre honom. Deras skuldror slog emot hans och han fick svårt att andas. Han försökte tvinga sig ut men damen från tåget blockerade hans väg. Han puttade omkull henne. Hon föll till marken som en staty. Bakhuvudet spräcktes upp och blod rann över asfalten. Hon var fortfarande vid medvetande men släppte inte från sin mobil.

Han tittade upp. Röken ströp den sista biten av himmelen. Ångesten överkom honom. Det var för mycket. Han klarade inte mer. Han tog upp mobiltelefonen ur fickan och blev ett med skärmen.

ALLA DAGAR EFTER

GUNHILD NYNNADE på Siw Malmkvists låtar vid köksbordet och lade patiens. Tonerna dansade genom lägenheten och kunde rycka upp vem som helst som lyssnade. När barnbarnen kom på besök brukade de dansa tillsammans medan de bakade toscakaka. Den enda som inte gillade hennes sång var gubben, Pål, som satt i soffan med en grogg i handen. Han brukade be henne att hålla tyst när travet startade på tv:n, men det stoppade inte henne. Hon svor åt honom att själv sänka ljudet så att hela huset inte skulle höra vad han tittade på. Speciellt när hästarna kommit i mål och porrfilmen började rullade i videobandspelaren. Då sjöng hon högre.

"Har en karl, lik sin far, upp i dagen."

Till middag försökte hon laga nyttigare mat, fast var det inte kött, potatis och sås fnös gubben. Fett och socker var det enda som frestade honom. Han föredrog fyrtioprocentig grädde i sitt kaffe och en skiva blåbärspaj med vaniljsås, fanns det ingen paj tog han ett glas vaniljsås. Det kompenserade väl för all vodka han hällde i sig. Det var ett under att han fortfarande levde.

Spriten hade inte alltid varit ett bekymmer. Den växte med åren, ett glas blev två, två blev till en flaska. Det blev värre efter att han skuldsatt dem med lån till spelandet. Hennes dotter frågade hur hon stod ut, varför hon inte stannat kvar hos deras biologiska far. Gunhild undvek att svara, hon skulle aldrig förstå. Den karln sprang enbart efter andra fruntimmer. Ifrågasatte hon honom svarade han med en näve. Efter att deras tredje barn fötts lämnade hon honom och kort därefter blev hon tillsammans med Pål. Den enda ilska han hade var riktad mot sig själv, trösten var spriten. Självklart var gubben en handfull, men vad skulle hon annars göra med sitt liv? När pensionen från ICA-butiken var ett faktum fanns det inte mycket som lockade, förutom patiens eller bingohallen.

Hon brukade passade på att åka till bingon innan kvartingen tog slut och gnället på att hon skulle köra ner på stan för att köpa hembränt av en gammal lirare på torget började. Efter bingon körde hon hem, men väntade kvar i bilen på parkeringen på att han skulle somna. Hon kunde lätt räkna ut när han skulle gå till sängs eftersom han sällan var vaken mer än tre timmar i rad. Han klev alltid upp klockan fyra på morgonen för dagens första sup. Lagom till klockan sju, då hon vaknade, sov han igen och skulle inte kliva upp före lunch.

Varje gång hon klev in genom ytterdörren kröp skräcken över skuldrorna. Hon kunde inte glömma den där gången hon funnit honom avsvimmad i badrummet med ett jack i huvudet och spya över hela golvet. Han klarade sig utan några besvär, men hur mycket hon än skrubbade fanns stanken av magsyra kvar. Efter det höll han sig borta från spriten i några månader, tills en dag då pengar saknades ur hennes handväska och ångor av etanol trängde ut från hans hud i soffan.

Efter julhelgen satt Gunhild i köket och blandade kortleken. I kylskåpet stod en orörd Janssons Frestelse och bullarna till barnbarnen låg oätna i frysen. Dottern hade lovat att komma förbi med barnen en sväng, men ringt och ställt in för att barnen blivit sjuka. I telefonbruset kunde hon höra hur barnen lekte frisk. Hon låtsades som om ingenting, önskade att de skulle krya på sig och lade på. Hon visste att dottern tycke att Pål var ett dåligt inflytande på barnen, men kunde inte förstå varför. Dottern hade ju vuxit upp med honom och lyckats bli en rakryggad människa. Varför skulle hennes barn vara annorlunda? Ändå, om det inte varit för Pål skulle de kommit över och hälsat på, och hon hade både fått sjunga och baka med barnbarnen.

Cigarettröken bolmade in från vardagsrummet. Hon pressade samman käkarna, sköt ut stolen och stormade in i vardagsrummet.

"Kan du inte gå ut på balkongen som vettigt folk?"

Pål sträckte cigaretten mot ett glas med apelsin rester runt kanten från juice och mumlade för sig själv.

"Prata ur skägget, gubbe", hon slog honom över kinden.

Glöden från cigaretten föll ner. Hon for ner på golvet och borstade bort askan från ryamattan.

"Se nu vad du har gjort", hon pekade på brännmärket.

Pål suckade, tog fjärrkontrollen och bytte kanal. Hon slet den ur hans händer och dunkade den i huvudet på honom.

"Satkäring", mumlade han.

Hennes ansikte hettade till. Hon rensade ur flaskorna från barskåpet ut till köket och tömde dem i vasken. Gubben gormade från vardagsrummet. Hans röst fick hennes tänder att knaka. Hon gick till hallen, tog på sig dunjackan och drämde igen ytterdörren.

Snöflingor löstes upp på vindrutan, rann ner, förgrenade sig. Gunhild lutade sig mot ratten och följde dropparna med blicken. Bingon hade slutat för flera timmar sedan. Hon kunde inte förmå sig att kliva ur bilen. Det hade inte varit meningen att hon skulle ha brusat upp och tömma all hans sprit. Han skadade ju ingen annan än sig själv. Livet kunde inte vara lätt med henne. Temperamentet var kort och hon sa och gjorde saker hon inte alltid menade. Hon ville så gärna be om ursäkt, säga att hon älskade honom trots alla hans laster.

Hon möttes av stön från tv:n när hon klev in i lägenheten. Ett korsdrag drog igenom hallen innan hon stängde dörren. Hennes tår knöt sig. Hon bytte vinterstövlarna mot fårskinnstofflorna och gick mot vardagsrummet. Soffan stod tom, balkongdörren vidöppen. Hon drog efter andan. Påls fötter stack in över tröskeln på balkongen, ansiktet låg mot betonggolvet. Hon skyndade sig fram och hörde att han andades, lade handen på hans bröst, kände slagen bulta. En cigarett glödde mellan hans fingrar.

Hennes ögon smalnade. Genom fönstret kunde hon se en halvfull dunk på vardagsrumsbordet. Att han hade mage att gå ut och köpa hembränt när han inte lämnat lägenheten på flera veckor. Hon sparkade honom på benet.

"Res dig upp för helvete, grannarna kan se dig!" gapade hon.

Gubben gurglade saliv blandat blod som rann ur munnen. Hon tog tag i hans arm, drog tills han kved och släppte. Hur många gånger skulle det här ske innan hon skulle hitta honom död? Hans huvud vilade mot tröskeln och nacken saknade stöd. Varför gjorde hon inte bara slut på eländet och lät honom ligga. Hennes huvud blev tomt och ansiktet slappnade av. Hon lyfte foten, satte tofflan mot hans bakhuvud, blundade. Nacken knakade. Andningen upphörde och ansiktet tappade färg. Hon gick ner på knä, torkade hans mun. Att det hade var så enkelt, hon hade knappt rört honom.

Ingen sa något, frågade inte ens vad som hänt. De antog bara att han fallit. När de bar ut kroppen stod hon enbart och stirrade på Påls halvfulla glas på bordet. Lättnaden borde ha kommit, men hennes händer skakade fortfarande.

Begravningen blev en dyster syn. De vita liljorna låg glest på kistan. Dottern kom utan barnbarnen och beklagade sorgen. Hon blev inte långvarig. Innan prästen avrundat sin predikan hade hon gått. Gunhild satt ensam kvar tills prästen kom fram och frågade om han kunde ringa någon. Då gick hon hem till sin patiens.

Då och då mellan partierna sneglade hon mot telefonen som stod tyst. Tungan kändes sträv i gommen. Hon försökte nynna, men stämman dog ut.

Hon ryckte till. Ett statiskt ljud knastrade från vardagsrummet. Trumpeter började spelade högt och Siws röst sjöng.

"Mamma, är lik sin mamma."

Hon skakade på huvudet. Inte kunde det komma härifrån, skivspelaren hade inte varit inkopplad på flera år. Försiktigt reste hon sig. Tofflorna drogs över golvet. Ett varmt sken rörde sig över väggarna i vardagsrummet. Flamman på kronljusen dansade till musiken. På det lackade mahognybordet stod en silverbricka med två höga glas med vad hon antog var rom och cola.

Hon tog en klunk, tungan domnade och bubblorna kittlade i halsen. En pust drog in från balkongen. Hennes andning stannade. En man med vit skjorta och röd sidenslips klev in. Han knäppte smokingkavajen. Gick fram till henne, tog ett glas och höjde det. Den svarta brylkrämen kammade bort åren från hans ansikte. Han ställde ner glaset och sträckte ut sin hand.

"Pål?"

Vita tänder lyste när han log och drog henne till sig. Ena handen strök ryggsluttning, den andra förde henne. Han snurrade runt henne och drog henne till sig. Fötterna flöt över golvet. Hon tryckte sig närmare. Cederträdet från rakvattnet värmde. Trumpeterna spelade högre och sången tynade bort. Hon såg upp från hans axel. Rummet svindlade förbi. Blicken försökte fokusera på rumsbordet. Endast ett halvfullt glas stod där. En grön beläggning låg över ytan. En vind svepte över rummet. Ljusen slocknade och skivan tog slut. Påls händer blev kalla. Hans kropp sjönk igenom hennes och upphörde i vinden som om han aldrig varit där.

Hon stod där ensam i sina tofflor. Varför tog han inte henne med sig? Hon gick fram till glaset på bordet och drog fingret runt kanten. Hon smekte fingertoppen över läpparna, smaken av honom fanns där. Hon sjönk ner i den nötta delen av soffan och stirrade mot bordet. Blicken ville inte släppa glaset.

TACK TILL

Jag skulle vilja tacka mina kära vänner: Alexander Dunerfors, Malin Eriksson och Caroline Kivi för all support och respons. Samt ett stor tack till min make Caspar Lindgren som stått ut med min mentala självstympning. Och även lille Gaston Rowntree som ... kanske inte har vart till stor hjälp men som tvingat ut mig när väggarna börjat krypa närmre.

Jag skulle även vilja tacka alla lärare och min klass från skrivarlinjen på Sundbybergs folkhögskola: Julia Alvina, Anton Annersand, Margareta Bäverbäck. Magnus Carlbring, Jonna Claesson, Malin Hermansson, Paula Nauckhoff, Robin Noring, John Olsson, Tuva Pettersson, Hanne Svantesson, Vera Söderlund, Rasmus Westerlund och Kicki Östlund.

Utan er alla skulle jag fortfarande vara vilse någonstans på andra sidan stigen.